SURVIVOR

サバイバー

小山紗都子

セルバ出版

序章

幼い記憶の中にある、高く澄み切った空の青が、今も私の脳裏に鮮明に焼きついている。

私が五歳くらいだったある昼下がり。

幼稚園から戻った私は、同じ団地に住んでいる幼なじみのマナミと外で遊ぶつもりで家を出た。昼時の明るい時間帯、私は母の（気をつけてね）という言葉を背に、ひとり玄関の前の階段を下り、建物の周りにある車止めの鉄柵でマナミを待っていた。

鉄柵は、幼稚園の鉄棒で逆上がりができるようになったばかりの私の背丈にちょうどいい高さの、おあつらえ向きのものだった。

私はどうしてもそこで逆上がりの練習がしたかった。約束の時間よりも早めに家を出て、マナミが来るまで有頂天になって逆上がりをくりかえす。

あたりに人影もなく、陽光がやわらかに降り注ぐ、静かでのどかな昼下がり。車止めの柵を鉄棒の代わりにして、何度も逆上がりをする細い私の両足が、軽々と空に向かって伸びていった。

そこから先、私の記憶は完全に途切れる。その後、マナミに会えたのかどうか思い出せない。鉄棒の上に伸びていく二本の足の向こうに広がる雲ひとつない美しい空の色は、いつでも容易によみがえるのに。

一

大学に入って間もない、初めての連休のゴールデンウィーク。

私はふるさとに向かう鈍行列車の窓枠に頭をもたせかけ、地平線のはてまで広がる、田植えの準備を終えた水田をぼんやりと眺めている。

田んぼには、日本一の流域面積を誇る利根川の豊かな水がなみなみと張られて、その水面はよく磨かれた鏡のように、青空とそこに浮かぶ綿のような雲を映している。

関東地方の米どころである水郷地帯を走るローカル線は、越境通学をしていた高校時代にほぼ毎日のようにお世話になったけれど、赤字路線としてこれまで何度も廃止のうわさがあった。

私が通っていた高校の卒業生、といっても戦前生まれのかなり高齢の方が、国会議員のセンセイであるために、かろうじて廃線を免れている。

赤字路線になるのも無理はない。平日の朝夕は通学列車として利用されているけれど、行楽シーズン帰省シーズンである連休の今でさえ、あちこちに空席が目立つほど乗客は少ない。地方では、各家庭に二台ずつ自家用車があるのが当たり前、わざわざ不便な思いをしてまで、本数の少ない電車を利用する人はいないに等しいのである。

葦の原でしかなかった湿地を埋め立てた場所に建設された、殺風景な駅舎を出る。全国チェーンの喫茶店のひとつもない駅前広場にあるのは、駅に到着する客もめったに利用しないタクシーの列だけ。電車利用客が少ない上に、町の人は駅まで家族に車で迎えに来てもらうので、客待ちの運転手たちはみな外に出て、タバコをふかしながら談笑している。

五月の日差しもまぶしい駅舎の外に立ち、周囲を眺め回す。

手入れの行き届いていないロータリーに、父が運転するシルバーグレイのセダンが停まっていた。私がそちらに向かって駆け寄ると、セダンから軽く短いクラクションが聞こえた。ふだんは無口だけれど、意外に冗談が好きな父なのだ。

駅から車で五分ほどの場所に、両親が住んでいる社宅がある。父が定年を迎えるのもそう遠くはないことなのに、いまだに社宅に住んでいるのは、一戸建てを買うために資金をためている最中だからでもある。

そもそもの原因は、父が新しい暮らしを求めて転職と引越しをしてしまったことだ。

それまで住んでいた埼玉県南部の団地を出てこの田舎町にやってきたのは、私が小学校に入学してすぐのこと。娘が小学校に入ったばかりのタイミングで、誰も知る人のいない地方の片田舎で新たな生活を始めねばならなかったのは、相当にわけありである。

今に至るまで、父の転職と家族の大移動の理由を聞きそびれたままの私であるけれど、どうやらそれは、マナミのことに関係しているような気がするのだ。

二

友達のマナミが死んだ。

それは、鉄棒の記憶から間もなくのこと。彼女の死は病気ではなく、事故か何かで急に亡くなったのだという認識は当時もあったけれど、私がまだ幼かったためか誰も詳しいことは教えてくれなかった。

マナミが死んでしばらくすると、なぜか母は精神的に立ち直れないような状態に陥って入退院をくりかえし、そのせいか父は会社をやめて家にいるという妙な状態になった。そして、私が小学校に入学したばかりの連休中に、一家は関東の田舎町へ引っ越して生活が一変した。

父はこれまでの職場での地位も実績も棒にふって退職し、住処まで変えて、全く見知らぬ土地に仕事と生きる場所を求めた。工業地域として生まれ変わっていた海沿いの田舎町に移住し、その工業地域の中では中規模の工場に就職し、私たち家族はその会社が用意してくれた社宅に入居したのである。

空気のきれいな、のんびりとした田舎町という環境によって、母の精神状態も回復したようだったが、結局母の心を蝕んだ原因が何であるかも判明しない。そのうちに、小学生になったばかりの私は、見知らぬ土地での友だち作りにあらためて励まなければならなかった。

生まれた時から比較的都心に近い町に住んでいた私に、その田舎町への引越しは大変なカルチャーショックであった。

電車は一時間に一本しか駅にやってこない。駅の周りには店の一軒もない。当時は本屋といえば学校の教科書を取り扱うひとつの店しかなくて、その理由も、地元の人が本を読まないとか若者が万引きばかりするからという、ひどく野蛮で低レベルなもの。

ともかく成熟し整備された都会の文化の中で生まれ育った私にとって、自然のままの林が続く社宅の周囲の地理をおぼえることも、文房具ひとつ買いに行くのに、田んぼの中を貫く舗装だけは立派に施された直線のあぜ道を母といっしょにひたすら歩いていくことも、ほとんどそれは冒険に値する日常行為だった。

中でも学校になじむというのは、かなり精神的に大変な作業である。もともとが漁師町である地元の子供たちは、いつも喧嘩をしているかのような方言丸出しで口が悪く、身体も都会の子供たちよりもずっとたくましく成長していたから。

すっかり圧倒されて、友だち作り以前に気おくれさえ感じた私を、フレンドリーな田舎の子供たちは決してそっとしておいてはくれず、休み時間といい放課後といい、私はかなり干渉されいじくられた。

戸惑いながら学校に通い続ける私にとって、たったひとつの慰めとなったのが、社宅の同じ棟の上の階に住んでいる、透、という同級生の存在だった。彼は私にとっては初めてとなる登校日の朝、同じ通学班の中で積極的に声をかけてくれた少年である。

透も遠方から転校してきたため友達が少なく、さらに男の子としてはおとなしく愛らしいタイプで、そのためか学校から戻ってきても、鬼ごっこやかくれんぼや冒険ごっこといった少年同士の遊びに必ず私を誘いにきてくれた。彼は、男の子だけのグループと遊ぶのが苦手だったようだ。

私にとってそれは願ってもない好都合だった。なぜなら、この海岸沿いの町に移り住む以前から、私は父に、決して外ではひとりになるなと厳しくいわれていたからである。

透は遊びのあとも必ず私といっしょに帰り、我が家の玄関前で別れた。学校から帰る時も、もちろんいっしょ、その騎士道的で誠実な行為は、私が高校を卒業するまで続いていて、時に友だちから冷やかされる原因にもなった。

父の厳しさは、ひどく感情的で神経質なものだった。私はなぜ彼がそこまで厳しく外での私の行動について制限するのか理解できなかった。父に心配をかけずに毎日を元気に送ることができたのは、実に透のおかげだったのである。

さすがに中学生にもなると、私はともかく透にとってはさぞかし迷惑なのではないかと思い、さりとて父を怒らせる勇気もない私は、彼に直接尋ねたことがある。

（いつも、いっしょに帰ってもらったり送ってもらったりして、迷惑じゃない？）と。

（全然）と透は、屈託のない笑みを浮かべた。

（女の子を守るのは男の子の仕事だって、お母さんにもいわれてるから）

（でもさ、みんないろいろいうじゃない？）

（いわせておけばいいんだよ。僕は、さっちゃんといっしょに帰るのは楽しいから）

『沙月』という名の私を、透は何の違和感もなく「さっちゃん」と呼ぶ。出会ったのが小学一年生だから、それが自然なのかもしれなかった。いつもそんな調子だった。彼は本当に私と行動するのを楽しんでいたようだ。

心地よい間柄であったにもかかわらず、私たちはお互いを異性として意識することがなかった。透は、粗暴なところがひとつもない安心安全な少年で、私には非常に都合のいい男の子以上のものではなかったのだ。

口に手をあてて笑ったり、甘えたような上目遣いをしてみせたりと、少し女っぽい一面があって、決して私の好みではなかった。私が好きになるのは、同じ社宅に住んでいる長髪の高校生とか、夕刊を届けに来る自立した青年といった、ある程度大人びた年上の男子ばかりだったのである。

私がマナミの死について詳しく知ったのは、中学二年の夏だった。

その年の夏休みに自由課題が出されて、一風変わったところのある中学生だった私は、自分が小学校に入学する前後の大きなニュースを調べてみようと、電車で二十分かかる町の図書館へ出かけて過去の新聞の縮刷版を閲覧した。本屋もろくにない田舎町には、学校の図書館以上に本がそろった公共の施設など存在しなかったのだ。

もちろん遠出であるから、透といっしょである。彼は彼で、僕も調べたいことがあるから、と喜んでつきあってくれた。「宿題？」と問うと、「ちがう」というこたえが返ってきただけで、それ以上は何も説明をしてくれなかった。

夏休み中の、図書館を勉強部屋代わりにしている学生で占領される寸前の大きなテーブルに座って、主に社会面の事件関係のニュースについて調べていた時のことである。

私はある日の記事の中に、幼女が殺害されて自宅がある団地の敷地内で発見された、という見出しを見つけた。そこには見覚えのあるマナミの顔写真と、まぎれもなく彼女自身の名前が掲載されていたのである。

私は血走るほど目を見開いて、その縮小された記事を食い入るように読んだ。

マナミは、殺されていたのか？

一体なぜ、こんな幼い子供が？

中学生だった自分に考えられる子供の殺害といったら、身代金目当ての誘拐事件くらいしか思いつかなったが、事件があった当時の私たちは古い団地の借家住まいであり、マナミの家も同じ団地で、お金が目的の誘拐などはとても考えられなかった。

なぜ彼女は殺されなければならなかったのか？

中学生だった私は課題などそっちのけで、幼女殺害の続報を読み進めた。

子供をねらった犯行というのはその異常さや冷酷さから、やはりニュースバリューがあったらしく、新聞には連日その事件の続報が掲載されていた。

五日後の新聞の一面に、『幼女殺害、犯人は中学生』という大見出しが載っていた。未成年による犯行であるから、犯人の名前も住所もわからない。当時同じ中学生だった私は、幼なじみを殺害した見知らぬ中学生に、いいようのない不気味さを感じたものだった。

殺害の動機が報じられていたのは翌日の新聞である。

『いたずら目的で物陰へ連れ込んだ。騒がれたから首を絞めて殺した』

言葉がなかった。相手は無力な幼稚園児の女の子である。あまりにも身勝手な犯行の動機に、私は女として、また被害者をよく知る人間として、吐き気をもよおすほどの憎悪がわきあがった。

おそらく、事件当時未成年だった犯人は、ほんの少しの間、少年院で再教育を受けたあと、日本のどこかで一般の人間として暮らしているのだろう。

どれ程重い罪を犯そうと、未成年であるというだけで氏名も公表されず、被害者の家族である親たちの知らない間に犯人の処遇が決まる。

しかも少年であれば更生の可能性があるからと、一律に厳罰から逃れ、少年院などで一定期間自由を奪われただけで、再び世間に送り出されるのである。

それぐらいは中学生の私も知っていた。俺たちは何をしても罪にはならないんだと豪語している同級生がいたので、私は中一の冬休みに図書館で少年犯罪と少年法について調べたのである。

記事はそれで終わり、その後少年がどのような審判を受けて、どのような処遇となったのかは全く不明であった。

今のように事件の被害者家族の意思が尊重されておらず、犯罪者である少年の人権と健全な育成とやらだけを優先して、被害者家族は泣き寝入りするしかなかった時代の話である。マナミの親や五歳年上の『知香さん』は、どんな気持ちで事件後の日々を送ったのだろうと思うと、やるせない気持ちでいっぱいになった。

母がその頃から健康を害したのも、事件とは全く無関係とはいえないような気がしてきた。何しろ殺されたのは娘と同い年の幼稚園児、いつも親しく互いの家を行き来して遊んでいた、よく知っている女の子なのである。

なぜ父が私のひとりきりの外出を厳しく禁じているのか、その理由もはっきりした。

同じ団地内でいつも自分の娘と遊んでいた女児がねらわれ命を奪われたのだ。一歩間違えばわが娘が犠牲になっていたかもしれないのだ。

当時の父にとっては、たまたま犠牲になることを免れた娘の健やかな成長こそが、切実な願いであったにちがいない。

友達からは変人とまでいわれるほど、私は帰宅時間を守り常に誰かとともに行動するのを忘れなかった。

しつけや教育についてのほとんどを母に任せっぱなしの父が、娘の外での行動に対してことのほかやかましかったのは、そういう経緯があったからなのかと、私は納得した。


その後、私と透は地元近辺では唯一の進学校である公立高校に合格した。

どちらからいい出したわけでもなく部活動には参加せず、三年間電車での通学の行き帰りを共にした。放課後は図書室に通って宿題や予習をしたり、駅前のファーストフード店に立ち寄ったりして、一時間に一本しか走らない電車を待ってすごした。

そんな仲だったので、クラスメートたちには早い段階で私たちの間柄を説明しておいた。透の端正なマスクと甘ったるいしぐさは、高校入学後、瞬く間に女子生徒の間で評判になってしまったからである。

もちろん私は、透が女子生徒たちの人気者であろうとアイドルであろうと、ちっともかまわなかったので、彼について知りたいという友達には何でも訊かれたことにこたえてやった。

その後の情報によると、三人の女の子が透に思いをうちあけて三人とも「お断り」されたらしい。当然友達は私との仲を疑った。私には告白された覚えも、ふった覚えもない。でも、それが原因で不信感を買った私は、学校では親しい女友達ができなかった。

透は透で、自らの温和な顔立ちと人畜無害で安全そうな中性的な雰囲気が、女生徒たちにとってはこの上ない魅力になっているとは夢にも思わないらしく、騒がれるたびに困惑と迷惑をあらわにしていたものだった。

高校を卒業した私は、都内にある私立女子大に進学し、今は下宿でひとり暮らしをしている。さすがに透のような用心棒を雇うわけにはいかず、あの父が、よくぞ私を手放してくれたと思うのだった。

父は進学には賛成だったが、私が合格した大学の学生寮は駅からかなり遠い静かな住宅街にあり、逆に治安が悪いのではないかと心配した。危険なことは外で起きるのだというのである。

父は駅に近い学生会館のようなものに住むことを望んだ。けれど、最近の贅沢慣れした若者を満足させるための、完全個室、シャワーつきという学生会館の料金は、働き盛りで転職したために今は一介の現場労働者にすぎない父だけが稼ぎ手でありながら、私は金のかかる私立大に通わせることになった我が家の家計には、高嶺の花だった。

私は入学手続きで訪れた大学の学生課で紹介してもらった女子大生専門の下宿について両親に説明し、実際に彼らと共に下見に出かけた。それは地下鉄の駅から歩いて五分ほどの物件で、バスが走る商店街にも近いため、学生寮よりはずっとにぎやかな環境にある。

木造二階建て二棟からなるこの下宿は、周囲を高い塀で囲まれて その塀の上にはご丁寧にも有刺鉄線が張り巡らされていて、さながら刑務所のような眺めだ。庭を、あまり役に立ちそうではないがとにかくよく吼えるヨークシャーテリアが駆け回っている。

治安上は問題がないので、父も特別反対する理由がなかったのだろう、その場で承諾を与えてくれたものだ。

三

大学に通い始めてまもなく、私は駅前のショッピングセンターの中にあるレストランでアルバイトを始めた。生活費ぐらい自分で稼ぎたいと考えたからである。実家の居間の蛍光灯の下で、あちこちからかき集めたような数冊の貯金通帳を、何度も何度も確かめていた、やせた母の姿が忘れられなかったのだ。

家計が苦しいからといって、精神状態がどこかしら不安定で少しでも疲れがたまると横になるような状態の母が働きに出ることもかなわない。

冠婚葬祭にやたらと金をかける風習が根強く残っていて夫婦の共働きが当たり前の田舎町では珍しがられ、母のことを「遊んでいる」と心なく批判する人もいたが、稼ぎがないならそれなりに工夫して暮らしていくものだという父の主張に私も賛成だったので、特別不満も感じなかった。

週五日、平日は夕方の五時から、土日は午後二時から夜の九時まで、私はホールを歩き回り料理を配ったり食器を片づけたりレジに立ったりしている。

ホールには正社員が三名ほどいるが、土曜日と休日は学生アルバイトも多く働いている。平日にも働いているアルバイト生は、私の他は、『くまのプーさん』とでも呼びたくなるような、少し体格のいい温和な雰囲気の青年である。

一年上の彼は、自分と私が同じ勤労学生であるという点に親近感を覚えたのか、何度も仕事のあとに飲みに行かないかと誘うのだが、私は九時上がりで彼は閉店時間の十一時まで働いているために、いつもすれちがいだ。

たとえすれちがわなくても、私の理性と美意識は、『プーさん』をボーイフレンドにして肩を並べて歩くことを拒否していた。

私は同じ環境におかれたというその一点だけに共通性を見出し、相手の性格も好みもろくに把握しないいままこれ幸いにくっついてしまおうという、横着な態度が気に入らないのである。

私が目をつけているのは、土日にしか現れない学生バイトで、慎吾という、どことなく暗い印象がある、スタイルのいい先輩だ。

彼は接客業に従事しているわりには無口で、私はその名まえと三年上の薬学部の学生であるという自己紹介を受けたきり、挨拶以外に言葉も交わしていない。お客さんに対して特別愛想が悪いわけではなく、働きぶりもベテラン社員の貫禄すらあるのだが、従業員同士でいる時は、暗い感じの、とっつきにくい印象の青年である。

そこがまた私にとっては魅力的だった。

女の子と仲良くなりたいという卑しい目的がバレバレで近づいてくる底の浅い男に対しては、私の胸の中に警戒心と嫌悪感がわきあがるからだ。慎吾は私を誘ったりはしない。

その彼と恋に落ちるなどという大それた考えもなく、まじめな女子大生の私はゴールデンウィークを実家ですごす。大都会でのひとり暮らしを無事に送っている様子を、特に父には示しておきたかったのである。

自然しかないような田舎町に帰省した私に、心躍る予定など何もない。ずっと透と行動を共にしていたことが仇となって、多少は戻ってきているかもしれない同窓生の連絡先もわからない。

さて何をしてすごそうと思いながら、駅まで迎えに来ていた父の車に乗って実家に着くと、母が普段は使わないウェッジウッドのコーヒーカップをテーブルに用意している。

万が一にも私のためではないだろうと思い、「誰か来るの？」と尋ねると、

「さっちゃん、覚えてる？　知香ちゃんがくるんですって」

と、母は多少ぎこちない笑いを浮かべた。

知香さんは、十五年前に亡くなった幼なじみであるマナミの姉である。

事件後、マナミの両親は離婚してしまい、知香さんは母親と別れて祖母の家に引き取られたという話だけは、父から説明を受けていた。

ただし、マナミの死については、両親から何も教えられていない。私は詳しいことを知らないはずだと、彼らは信じているはずだ。

だからこそ、知香さんの来訪を、あえて何食わぬ顔で受け入れているのである。私に真実を悟られるきっかけを与えないように。

私も、両親のこの名演技につきあうことにした。本当のところは、

(私、知ってるんだ)

といってみたくてたまらないのだけれど。

たぶん、私は一生、親に対しては演じ続けるのだと思う。子は親の鑑だから。

「覚えてるよ。今からここに来るの？　どうして？」

「正式に仕事が決まったから挨拶に来たいって。あなたにも会いたかったんですって」

「そうなんだ。知香さんかあ。よく遊んでもらったんだよね」

あの事件から十五年近くが経った。あの頃の思い出につながるような人々を訪ねることができるほど、知香さんは当時の忌まわしい記憶から立ち直り、のりこえたということなのだろう。


私が自分の部屋で荷物を整理していると、早くも玄関のチャイムが鳴った。迎えに出た父の、どうやってここまで来たのか、という問いかけ。それに対する知香さんの、東京から高速バスで途中まで来て、水郷観光をしながらタクシーを使った、という声が聞こえる。

二十五歳の知香さんは、とてもきれいな女性になっていた。なんとなくそれとわかる程度の薄化粧に、染めていない長い黒髪をバレッタでひとつにとめている、というシンプルさが、なおも彼女の知的な美しさを引き立てている。

「よく訪ねてきてくださったわね」

母は、十五年ぶりに顔をあわせる知香さんをしげしげと見つめていた。

「さっちゃんも見ちがえました。なつかしいなあ」

知香さんは輝くような目をして、私に視線を注いでいた。その目には、まるで今は亡き妹に向けているかのような慈愛がこめられているようで、なんだか申し訳ないとさえ思ってしまう。

「おじさんおばさんにも、その節は本当にお世話になりました。いつも挨拶に行かなくちゃって気になっていたんです」

「そんなこと。一番大変だったのは知香ちゃんだったんだから。お父様はお変わりないの？」

「はい。おかげさまで元気です」

「お仕事って、こちらの方なの？」

「いえ」

知香さんは、何かを探るようにいったん目を伏せてから再び顔を上げた。

「以前住んでいた埼玉のあの団地の沿線で働いてます」

「あの団地の？」

「はい」

母は私を気遣うように、こちらを見た。事件の話を知らないはずの娘に、どこまで説明したものか戸惑ったのだろう。私は知らんふりをして立ち上がると、自分の飲みものを用意するために食器棚へと向かう。

知香さんは、妹のマナミが犠牲になった団地の近くにわざわざ職を求めたのだ。

でも、何のために？

「私が、がんばってる姿を妹に見てもらいたくて。今でも妹の魂は、あの団地にいると思うので」

そういって知香さんは、菩薩のように穏やかな笑顔を私たちに向けてみせた。哀しみと怒り、そして喪失による苦しみをのりこえた、そんな人間だけが見せることができる笑顔だった。

「どんなお仕事をしてるんですか?」

私がその笑顔につられて尋ねると、彼女は、

「虐待を受けた子供のためのシェルター、というか相談所よ。そこでカウンセリングの手伝いをしているの」

とこたえた。

「シェルター?」

母の問いに、知香さんはうなずいた。なんだか核戦争みたいだなと思いながら、私は首をかしげる。

「お役所的な相談所ではなくて、医療の専門家も常駐しているNPO法人なんです」

NPO法人というだけで、まちがいなく、とっても良心的な仕事をしているような響きがある。母が尋ねた。

「むずかしいんでしょうね。虐待された子供さん相手のカウンセラーなんて」

「そうですね。私はそこで働けて、被害者のケアにかかわれるだけで満足なんです。それが私の信念というかライフワークなんです」

「ライフワーク？」

「ええ、ライフワーク」

私の問いに知香さんは、それだけいってうなずく。私はそれ以上深い質問をしてはいけないような雰囲気を感じて、黙ったまま彼女から視線をはずした。

母が出した紅茶を飲み終えると、知香さんは私に、駅前の喫茶店に行かないかと誘った。駅前に喫茶店なんてあったっけ、と、私はさっき見たばかりの駅前広場を思い出す。ロータリーだけは整備された一人前のものを備えながら、利用者は少なく、花壇であるべきその場所には背の高い雑草が生い茂ったままになっている、手入れの悪い見捨てられたような駅前広場。

そういえば一軒、店のようなものができていたが、あれは喫茶店だったのだろうか。

「車で送っていくよ」

という父の言葉に、知香さんは、

「歩きますよ。お天気もいいし」

と断った。私も歩く方が気持ちがいい。地下でのバイトで、すっかりすすけた肺をきれいにする絶好のチャンスだし。

「ふたりがいっしょなら安心ね」

母も同意した。東京では、バイトのあとの夜遅い道をもはや当然のようにひとりで歩いている私は、両親に気づかれないように下を向いて苦笑いした。

社宅から駅までは徒歩で三十分の道のりだ。決して歩けない距離ではないが、父は私にできるだけひとり歩きをさせないようにしているので、車での送り迎えが当たり前になっている。そんな話を知香さんにすると、彼女は、

「逆に外を歩く人がいないから、よけいに危なくなるのよね」

と、真剣な顔つきでいった。

「街が死角になるっていうのかな。人の目がないのが一番怖い」

「そうですね」

私がうなずくと、知香さんは私の記憶の中にあるのと同じように青く澄んだ空を見上げて、「あの団地もいつも人がいなかった」とつぶやいた。

「そうですよね。私も時々思い出すけど、いつも静かで誰もいなかった気がします」

街が死角になる、という言葉にふさわしい情景が、私の脳裏に広がっていく。

「私の母は心の病気が原因で父と離婚したの。さっちゃんも、知ってるでしょ？」

「離婚されたことだけは聞いてました」

「そうか。じゃあ、マナミがどうして死んだかっていうのは？」

「それは知ってます。親からは聞いてませんけど、中学校のときに偶然新聞の縮刷版を見て、

事件のことを知りました」

私は正直に説明した。知香さんにならなら隠し立てをする必要などない、そんな安心感が私にはあったのだ。知香さんは、目を細めて私の言葉にうなずいてみせる。

「あの時、父が母をすごく責めたの。なぜ幼いマナミをひとりきりにしたんだって。子供を守るのは親の義務だろうって、怒りと哀しみを全て母にぶつけたの。しかたないよね。犯人は罪に問うことができない中学生だもの。それでなくても子供を殺されたショックでおかしくなってた母は、父の言葉で自分を責めて、完璧に立ち直れなくなってしまった」

「今、どうしておられるんですか？」

「どうしているのかしらね」

知香さんは弱々しい笑顔を私に向けて、ため息をついた。

「父は二年後に再婚して、私にも新しい母親ができたから、我が家で前の母親の話はしないことになってるの。事件のこともね」

「そうだったんですか？」

知香さんの家も、仮面をかぶった家族なのか。もはやそういう状態は特別なことではなくて、家族が平和を維持するためのごく一般的な技術なのかもしれない。

「犯人は、本当にいろんな人間の人生をぶちこわしにしたわね。さっちゃんのお母さんも」

「はい。誰も事件のことを教えてくれなかったので、長い間原因はわかりませんでしたけど、今も後遺症のようなものはあるみたいです」

「でしょう？　だから、さっちゃんを連れ出したの。これ以上私がお邪魔していても、お母さんにあの事件を思い出させるだけだと思ってね」

「でも、のりこえてるじゃないですか、知香さんは」

「のりこえてなんかいないわ」

「だって、ちゃんと大学出て仕事して、事件を知ってる私たちを訪ねてきてるぐらいですから」

「のりこえてないから虐待被害者の心の救済にかかわってるの。特に子供のね。信念というより、こだわりよ」

駅前の喫茶店までのやたらと広い道を、知香さんはその件についてはそれ以上何も語らずに歩き続けた。

さて駅前の喫茶店というのは、ダイニングルームのような空間と、地元の特産品や手作りの工芸品を並べた土産物屋と、エスニック調の家具が並べられたどこかのデパートの特設会場が混ざったような、確かになんと表現していいかわからない店だ。私たち以外に客はおらず、ふたりは案内されることもなく一番奥の席に向かいあって座った。

電車を待つ人々のために作られた店なのだろうけれど、一時間に一本の電車をこの店で待つような客はいない。ただでさえ数少ない電車の利用者は、誰もが時刻表を確かめてから駅に向かうので、電車を待ちながら悠長にお茶を飲むような人間はいないのだ。

来るとすれば、近所にふたつあるパチンコ屋を訪れる客ぐらいであろうか。相変わらず本屋もろくにない町なのに、遊戯施設だけはやたらと充実している。

素人丸出しの店長夫人らしい女性が、カレンダーの裏紙を利用した伝票に私たちが注文した品を鉛筆で書きとめ、めったに耳にしないほど丁寧な言葉で復唱してカウンターに去っていった。

地元の人間ではなく、私たち家族と同様よそからやってきて新しい工業地域の発展に寄与した後退職し夫婦ふたりで始めたという風情が、店の置物にも夫人の姿にも漂っている。

彼女が去ってからグラスの水に口をつけると、知香さんはふっとため息を漏らして話し始めた。

「さっちゃんが無事で元気で何よりだったわ」

「はい」

私は恐縮した。彼女の妹が犠牲になり、同じ年齢の友達だった私は何事もなく成長し、今こうして彼女に向き合っている。そういう事実に対して、私はどうしても、心から詫びたいような気持ちになってしまうのだった。

「さっちゃんは私の妹のような存在だったから、元気でいてもらえるのが一番なのよ。それこそ妹の分も、幸せになってほしいの」

「それは知香さんだって同じことでしょ？」

「私？　そうねえ。幸せになる前に、どうしてもやり遂げたいことがあるから」

「何ですか？」

「それは、私があえてあの団地から遠くないところで働いていることにも、関係があるんだけど」

「何だか、すごい話みたい」

「そうねえ。若干、ドン・キホーテ、っていう気もしないではないわね」

　知香さんはそういって、さもおかしそうに笑った。

「どんなことなんですか？」

「それより、さっちゃんは事件のことをどれだけ知ってる？」

「過去の新聞の縮刷版で調べただけなので」

「そう。じゃあ逮捕の前後の話ね、新聞に載っていたのは」

「はい。そのあと、犯人がどうなったのかとか詳しいことは全然知らないんです」

　ふたりが注文したケーキと紅茶をお盆に載せた夫人が、低姿勢で「お待たせしました」と声をかける。左手でお盆を支えながら、右の手で品物を、恐ろしいほど緩慢な動きでテーブルの上に移していく。

　夫人が立ち去ると、彼女が適当に置いていったチョコケーキとモンブランを、私たちはそれぞれの前に引き寄せた。こういうのは、声をかけて確かめながら注文した人の前に置くものだ。それとも緊張して手順をまちがえたのだろうか。

目の前のケーキに手を伸ばそうともせずに、知香さんは説明を始める。

「当時の少年法では、被害者家族には何も知らされなかったけど、犯人が誰なのかはすぐにわかったわ。同じ団地に住んでいる中学生だったんだもの。しかもその子は、それまでにも小さい子に猥褻行為をくりかえしてきたらしいわ、被害届けがなかったから警察も手が出せなかったんでしょう。それでマナミが犠牲になったのね」

私もフォークをとるのを遠慮した。マナミのことを思い出すと、食べることにさえ罪を感じてしまう。今、私たちが注文したテーブルの上のケーキは、喫茶店で座っている限りはそこになくてはならない、正月の鏡餅のような役割を負わされていた。

「お母さんが、そばにいなかったっていってましたね」

「そうなの。そんな少年が近くに住んでいるとわかっていたら、母も気をつけていたのでしょうけど。その日はたまたま母が買い物から戻るのが遅くなって、マナミは先に幼稚園バスの停留所から戻ってきてひとりきりだったところを、犯人の少年が『かくれんぼしよう』って声をかけて、物陰に誘い込んだのね。それで抱きかかえたら抵抗して騒いだから、見つかるとまずいと思って首を絞めたんですって」

「そんな理由で?」

「これまで猥褻行為をした子供は誰も騒がなかったから殺さなかった、ってそんなことをいってたわ。信じられないけどね。脅迫したんじゃないのかって思うけど、それはちがうって、いい張ってた」

「知香さん、どうしてそこまでわかったの？　あの頃って、被害者にも知る権利はなかったんでしょ？」

「そう。被害者の家族は審判、裁判所っていっても家庭裁判所では審判ていうんだけど、その場にもよばれなくて誰も知らないうちに何もかもが進んでしまったのね」

「どこの誰が犯人かは、わかってるのに」

「そう。それなのに少年だからって名前も秘密厳守。私たちはマナミの最後の様子すら知ることができなかった。それで民事訴訟を起こしたの」

「民事訴訟？」

「刑事事件として裁くことはできないけど、損害賠償を求める民事裁判を起こしたわけ。もちろんお金がほしかったわけじゃないわ。当時はそうでもしないと事件の内容や犯人のことがわからないままだったから。近所の人からはかなり意地悪いことをいわれたのよ。そこまでしてお金がほしいのか、って。でも、マナミが受けた苦しみに比べれば何でも耐えられるって、父とおじと私が中心になって時間とお金をかけたわけ。結局、犯人の少年の親が田舎の不動産を処分して賠償金を支払ってもらうことができたけど、その賠償金は、ほとんどが裁判費用に消えてしまったわ」

「民事裁判を起こさないと事件のことは詳しくわからないんですよね」

「今は少年事件でも被害者の立場がかなり尊重されているから、審判の内容も記録を読んだりしてわかるようになっているらしいけどね。あの当時は被害者側が多大な犠牲を払わないと何もわからないままだったの」

「ひどい話ですね。でも、そうまでしても知りたかったってことですね？」

「そう」

　知香さんはやっと一息ついて、紅茶に手を伸ばす。私も解放されたようにフォークを取り、マロンペーストをなめるように口に入れた。


「犯人て、どんな少年だったんですか？」

「中学校に入学する前にお母さんが家出して、それからはあまり学校に行かなくなって悪いことばかりしていたらしいわ。女の子への悪さをくりかえしてたっていうから、誰かが届けを出してくれさえいたらマナミは殺されずにすんだと思うの。相手が小さい子なら何をやっても大丈夫だって味をしめたんでしょう。でもね、小さな子が相手だからってイタズラなんていう言葉で誤魔化してはいけないの。性的被害は全てが魂の殺人なのよ。それをみんなが真剣に考えていてくれたら、そして誰かが通報してくれていたら、その少年も殺人を犯す前に捕まって早い段階で更生できたと思うの」

「勇気を持たなくちゃいけないってことですね」

「そう。無理に話せとはいわないけど、いやなことをされたら遠慮なく大人に相談してほしい。そして相談された大人は決して子供をしからずに味方になってやる。あなたはちっとも悪くない、って励まして、生きる希望を与えてやらなくちゃいけないの」

「知香さんは、それでカウンセラーの道をめざしてるわけですね」

　彼女は返事をせずに、私を黙ったたまままっすぐ射抜くように見つめる。

「実はね、それとは別の目的があるの」

「目的?」

　知香さんは、フォークで行儀よく縦割りしたケーキを一切れ口に放り込んで咀嚼した。いおうか、いうまいか、を決断するのに時間を稼いでいるかのようだ。私もつきあって、蜜のかかったつややかな栗をフォークで突き刺してほおばる。

「さっきいったでしょ?　信念というよりはこだわりだって」

「はい」

「私、犯人が何度もいってた、他の子は騒がなかったっていうせりふが忘れられないの。きっとその子たちは胸に傷を抱えたまま成長したにちがいない。あの団地に住んでいた女の子たちの中に、確実にそういう子がいるはずだって思うの。当時を知りたいというよりは、そんな忌まわしいものを抱えて成長した彼女たちの力になりたいと思って。好きな男性との交際がきっかけでフラッシュバックする人もいる。さっちゃんと同じ年頃だから、そろそろそういう時期でしょう？　今は子供が相手の駆け込み寺だけど、いずれはそれを成人した女性にも拡げていきたいなって。ね、遠大な目標でしょ？」

私は声も出せずに、知香さんの顔を穴の開くほど見つめていた。

「おかしい？」

「ううん。ただ、すごいなって思って。被害者家族なのに、他の人にそんなにやさしくなれるなんて、やっぱ普通できないことだと思って」

「だって」

知香さんは悲しげに目を伏せて、静かに続ける。

「犯人はとっくに社会に出てきてるし、今となっては悔やんだところで何も変わりはしない。あの事件の被害者家族として私にできることは、忌まわしい記憶と闘う生きた被害者の心を癒すことしかないと思ったの」

私はうなずきながらも、胸の奥底に芽生えた質問をしてみた。

「カウンセラーになって、もし元被害者に会うことができたら、知香さん、どうするんですか？　どうして誰にも相談しなかったのかって聞きたいでしょ？」

彼女は顔を上げて「そうねえ」とやわらかに笑った。

「聞きたくないといったら嘘になるけど、仕事中は公私の区別をつけなくちゃね」

「そんなことはいわない、ってわけですね」

「被害者の方から喋ってくれればそれはそれでいいんだけどね。カウンセラーは取調べをする警察官じゃないから」

私も笑いながらうなずいた。被害者家族のひとりだった知香さんが、とても気高く誇り高い女性に思えて、私の胸の中に憧れの気持ちが芽生えていた。

話し終えて肩の荷をおろしたようにケーキを口に運んでいる彼女を見ながら、私はずっと気になっていることを尋ねた。

「犯人の少年は、どうなってるんですか?」

「もう、あの団地にはいないわ。お父さんも行方知れず」

「今どこで何をしているかまでは、わからないんですね」

「未成年だという理由で加害者のプライバシーだけは守られてたからね。私たちも団地の人に教えてもらったの。団地の人たちにとっては一安心かもしれないけど、どこかでまた罪を犯しているのではないかと思うとそれも怖いわね。性的犯罪者は再犯率が高いっていうし、特にあの事件の犯人は罰なんか受けていないのだから、反省さえしていないんじゃないかしら」

最後の方はほとんどあざけるような口調だ。犯人に更生してもらいたい、責任を取ってもらいたい。そんな絵空事のような期待も希望も全て捨て去ったからこそ、知香さんはこれまで生きてこられた。力強く立ち直って、被害者の気持ちに寄り添うという強い意志を持つ人間になれたのかもしれない。


「さっちゃんは、東京で怖い目にあっていない？」

知香さんの問いに、私は笑いながらこたえた。

「ええ。結構警戒心強い方ですから」

「それはいいことだわ」

彼女の楽しげな声に私の脳裏に無意識のうちに浮かんだのは、しつこく飲みに誘ったバイト先の『くまのプーさん』の不機嫌な顔だ。断ると、君は感謝が足りないだの、好き嫌いが激しすぎるだのと、えらそうに説教めいた言葉を並べ立てる学生。そういうところがウザイのだというのが、どうして彼にはわからないのだろう。

私は知香さんに、そのエピソードを説明して、

「女性って相手を選びますよね。それって本能なんでしょうか？」

と尋ねた。

「本能よ」

と彼女は即座にうなずく。

「女性よりも男性の方が性犯罪の加害者になるのが多いのは、基本的に男性には相手を選ぶ必要がないからよ」

　相手が女性の肉体を持っていれば誰でもいいということだ。

「どうして女性は相手を選ぶんですか？」

「本能っていうのは、ある女流作家がいってたことでね。さっちゃん、バージニア・ウルフ、って作家、知ってる？」

「はい、知ってます。一応英語学専攻なんで。今は、『灯台へ』を原文で読んでます」

「原文で読めるなんてすごいわね」

「ほとんど飛ばし読みです」

　知香さんは、ひどくおかしそうに声を上げて笑う。

「で、彼女がどうかしたんですか？」

「ウルフは、幼い頃に性的被害を受けてるの。それも義理の兄から何回もね」

「そうだったんですか」

　私は口に持っていきかけたケーキを宙に浮かせたまま、おそらくは呆けた顔をして知香さんをまじまじと見返した。その話はあまりにも衝撃的すぎて、休み明けからのイギリス文学の授業が憂鬱になりそうだった。西洋人なのに自殺によってこの世を去ったという経歴だけでも、すでに憂鬱だったのだけれど。

「幼い頃の、いうにいわれぬ感情を、彼女はこうつづっているの。その部分を触らせるのは正しいことではない、と思うのは本能ではないか、って。私の考えだけど、人間のメスはとても未熟な状態の赤ん坊を産むので、つきっきりで世話をしないといけないでしょ。食料をとりに出かけたり敵から守ってもらったりするのに、どうしても男親の力が必要になる。そういうときに頼りにならないオスじゃ困るわけでしょ」

「ええ」

大学の一般教養よりも、ずっとわかりやすくて興味深い話に引き込まれ、私は知香さんの目を凝視しながら大きくうなずいた。

「だから人間のメスは、赤ん坊を作る前に相手の男が自分にとってどれだけ役に立つかどうかを見抜こうとするのだと思うわ。相手が誰でもいいというわけにはいかないと、まあ、あくまでも私の推論だけどね」

「でも、すごく納得できますよ」

「でしょ？　だからこそ普通の女は、自分より背が高くて強くて経済力のある人と結婚したがるんじゃないかしら。肉体関係がありながら、それっきりの男を許せないのは、祖先が何万年も前に獲得した本能なのよ」

「自分や子供を守ってくれそうにない男には許さないわけですね」

バイト先の『プーさん』よりも、慎吾の方が恋人にはふさわしいと判断したわけは、背の高さと体格のせいだったのだろうか。

私は、太った男が嫌いだ。肥満の原因は、自制心がないか病気か、そのどちらかだと信じている。私の本能は、恋に落ちる前にきちんと将来を見据えた上での判断力を私に与えているらしい。

人のいい『プーさん』を袖にしたことへの小さな罪悪感が、知香さんの話ですっかり吹き飛んでいた。

知香さんは一息入れるかのように、紅茶をひとくちすすった。

「そう。たとえ小さな子供でも、体を触られて抵抗しないなんてことはあり得ないと思う。マナミを殺した少年の餌食になった女の子たちは、誰にもいえない深い傷を負ったまま今も苦しんでいるかもしれない。そんな女性たちが慰められてステキな男性と恋をして健全な家庭を築いてくれることが、私の望みなの。今は子供だけを対象とした駆け込み寺だけど、いずれはそんな女性たちを救える機関をつくっていきたいと思ってるの」

たった五歳年上である知香さんの、やさしく慈しみ深いせりふ。

感動の風が吹きぬけた私の胸のうちには、

（知香さんは恋をしていないのだろうか）

という、いたって当然の疑問が顔をのぞかせていた。でも、彼女の神々しさに圧倒されて、私には、何も訊くことはできなかった。

四

連休明けの大学で最初に受けたイギリス文学の講義の間、私は、痩せてはかなげな視線を下に向け、髪をうしろで上品にまとめた、教科書のカバーに載っているバージニア・ウルフの写真をずっと眺めていた。

受講生が多い教室なので、出席もとらないし、寝てようとメールを打ってようと周囲に迷惑をかけない限り何もいわない、教授の寛大さに感謝しながら。

幼いころの性的被害。彼女はなぜそれをずっと黙ったままで成長したのだろう。後世に残す文章に表すぐらいなら、なぜ義理の兄の罪を誰かにうちあけなかったのだろうか。忘れようとしたのではなく苦悩し続けたのなら、事故のひとつのような扱いをするのではなく、誰かに話して心の傷を癒すことはできなかったのだろうか。

彼女のどこかつかみどころのない（英語で読んでいるからでは決してなくて）作風や、自殺によって世を去ったという事実には、幼いころの忌まわしい記憶が確実に影を落としていたにちがいない。

そして会ったことも見たこともない彼女の義理の兄という男に、マナミの命を奪った少年に対するのと同様、私は吐き気がするほどの嫌悪感と憎悪を覚えた。

上の空で訊いていなかった講義の内容については、今日の話がレポートの課題にならないことを祈るしかない。

メスがオスを選ぶのは何万年も前に獲得した本能なのだ、という知香さんの推論を頭から信じ込んだ私は、バイト先の『プーさん』に対しても以前にもまして毅然とした態度で接するようになった。そして、コンパにも参加しないので、ボーイフレンドもできないさびしい女子大生だと思われないために、さっさとステキな男を見つけねばとあせっていた。

でも、憧れの慎吾と接する機会はなかなか訪れない。彼は土日以外に店には顔を出さないし、九時上がりの私には慎吾と仕事の後に話をするチャンスさえない。

やっとそのチャンスが巡ってきたのは、七月に入ったばかりの日曜日のことだ。その日の朝、事務所に入ると、ノートパソコンを前にした店長が私に夏休みの予定を尋ねてきた。

「七月いっぱいだけ働きたいんです。親が、どうしても八月は戻ってこいというものですから」

遠慮がちにこたえると、アルバイト生には妙にやさしい店長は「それで十分だよ」と笑いながらいった。

「学生さんは夏休みになったとたんに帰省しちゃうからね。七月いっぱいでもいてくれたら助かるよ。慎吾だけなんだよ、今のところ夏中働けるバイト生」

「慎吾さんは東京の人なんですか？」

「いや。田舎から出てきてひとり暮らしだよ」

　そんなネタを仕入れた上に、休日の昼食時という戦争のような状態がひとまず落ち着いた休憩時間に事務所に入っていくと、先に休憩に入った慎吾が壁に取り付けられた鏡の前で、ひとりでネクタイを直しているという、願ってもない好機に恵まれた。

　慎吾は均整の取れた体をまっすぐに伸ばして、鏡に向かって立っていた。

　腰のベルトの位置が高いのは足が長いせいだろう。そのスタイルのよさは、アフリカの草原を走り抜けるインパラか何かを連想させるほど無駄のないもので、どうせバイト先でボーイフレンドを見つけるなら断然こっちだと改めて思う。

　彼の、どことなく翳りのある秘密を抱えたような表情も好みだ。田舎の抜けるような青空を背負っている『プーさん』みたいに、あっけらかんとした人間には深みというものが欠けているような気がしてならない。

「失礼します」

　私が頭を下げて挨拶すると、

「ああ」

　慎吾はちらりと私の方に顔を向けてうなずいた。

　私は自分のロッカーからバッグを取り出して、お茶が入ったペットボトルを取り出した。

　そしてパイプ椅子のひとつに腰を下ろす。

「慎吾さん、夏休みもずっとバイトなんですか？」

「そう。さっちゃんは？」

初めて会話をしたというのに、慎吾はみんなが使っているのと同じニックネームで私を親しげに呼んだ。その方が呼びやすいのだろうと思ったので、気にせず返事をする。

「七月いっぱいだけ働きます。親が帰って来いっていうので」

「女の子だから心配なんだ」

「そうなんですよ。慎吾さんの親は何かいいません？」

「いわない。いったって帰らないし」

「えー、どうしてですか？」

「普段、土曜と日曜しかこれないから、夏休みで稼がないとね」

「平日は忙しいんですか？」

「実習もあるし、いろいろと」

慎吾は首をかしげながらそういって、事務机の上にあった自分の水入りのペットボトルに口をつけると、立ったまま私に質問をした。

「田舎どこなの？」

「茨城です」

「なまってないじゃん」

「親も地元じゃないんです。小学校に入学するまで埼玉にいたから」

「埼玉？　俺も埼玉生まれ」

「そうなんですか？。私、N市の西の原団地っていうところに住んでたんですけど、知りません？」

「西の原団地？　さあ。俺、小さいころに福島に引っ越したし」

「私も小さいころに引っ越したんですよ」

偶然の重なりに思わずはしゃぎすぎた私の声に対して、慎吾は面倒くさそうに「そう」とだけいって、硬い笑みを浮かべた。そしてもう一度水を飲むと、

「じゃ、俺、休憩終わりだから」

と、何かひどく気まずいことでもあったかのように、そそくさと事務室を出て行ったのである。

それ以来、ホールでの仕事中に頻繁に慎吾と視線がからみあうようになった、ということは全然なくて、同朋意識に喜びを見出した私を完全に無視するかのように、相変わらず彼は無口でそっけなかった。

その態度はいかにも（同じ埼玉生まれだからそれがどうした）といわんばかりの冷たさを私に対して漂わせていて、会話の最後の、これ以上埼玉の話は続けたくないようなそぶりも気になって、積極的に私の方からかかわろうとするのは遠慮していた。

五

緑の海のような稲田が地平線まで続く。その上を走る、一時間に一本のローカル線に乗って、私は太平洋と大きな湖に挟まれた、夏は涼しく冬は暖かい田舎町に向かう。

せっかくの夏休みなのに、どうかすると恋の始まる季節だというのに、私は何もない田舎で退屈なひと月をすごすのだ。

海がそばにあるといっても、工業地域に出入りする大型船のために新たに港が作られた海岸は、潮の流れが変わってしまい、海水浴には向かないものとなっている。命知らずのサーファーが都会からやってきて波乗りに興じているが、行方不明者の捜索にあたっているヘリコプターが上空を旋回しているのも、珍しい光景ではない。

図書館も喫茶店もろくにないこんな田舎町で一体何をしてすごせばいいのかと、誰かをうらみたくなるような気持ちで家に戻った私は、母に頼まれて買い物に出かけた際に、ばったりと再会した高校時代の友達に、面倒な相談をもちかけられた。

十分ほど時間が取れないかというので、十分くらいなら、と軽い気持ちで引き受けて、その近辺では唯一遊べるショッピングセンターの中にある、全国チェーンのファーストフード店に入り、私は友達の相談に耳を傾けた。

相談の内容というのは、社宅の二階に住んでいる幼なじみの透についてだった。そういえば高校時代も彼に思いを寄せる女生徒から、私は何度も質問攻めにされていたのだ。そんなに仲がいいなら彼のこともいろいろ知ってるでしょう？　という皮肉としか思えないようないい方で。

「彼って、今もさっちゃんの家の上に住んでるの？」

「そうよ」

「ほら、連絡先がわからないからさ。私が彼に会いたがってるって、ちょっと伝えてくれないかなあ」

「まあ、いいけど、伝えてどうするわけ？」

「会ってくれるって話だったら、悪いんだけど彼の携帯番号を訊いてほしいんだ。私から連絡するから」

「家の電話じゃだめなの？」

　私の声に、いかにも親しい間柄として透の立場を気遣ってます的な、迷惑そうなものがこめられていたのだろうか、友達はほんの一瞬不機嫌な目つきをした。

「だめだったら、家の電話番号でもいい」

「そうするしかないわね」

　再び友達が、不満そうな目つきで私を見返す。どうせ、クラスメートの時だって席が近いから喋っていた程度の仲である。今さら心象を悪くしたところで、痛くも痒くもない。

もちろん私は、透の携帯番号もメルアドも知っている。頼みもしないのに一方的に教えてくれたのだ。自慢するわけではないけれど、もしかしたら自分でも気づかないうちに、その優越感まじりのいやらしいゆとりのようなものが態度に出ていたのであろう。

友達は紙コップに刺さったストローでアイスコーヒーを吸い込んだ。白いストローの中を彼女の口に向かって薄茶色の液体がすっと上がっていく。

「さっちゃんて、本当に彼とは何でもないの?」

「何でもないよ」

しつこいなあと思いながらもポーカーフェイスを貫いてアイスコーヒーをすすると、私は気を取り直して話を進めた。

「透に用事って、そっち方面の話なのね」

「うん。高校時代はライバルが多かったから遠慮してたんだけど、春休みにこっちでたまたま会って、ひたちにある大学に通ってるって訊いて、それなら高校時代の女子はまず周辺にいないだろうから意を決したわけ」

「そうなんだ」

そういえば、母親同士の会話でそんなことをいっていた。地方大学の理系は、まだまだ男子中心の世界で、住んでるのも男子ばかりの学生寮みたいなところだから、ますます女性とは縁遠くなりそうねと、透の母親はむしろ楽しげに笑っていたのだ。

「それで、コクってみようと」

「早い方がいいでしょ？　何年か経って高校時代の友達ですって名のっても、忘れられてたら話にならないし」

私としては「がんばってね」とこたえるしかない。そして、透とは特別な関係ではないと改めて証明するためにも、彼にはこの友達の要求を受け入れてもらわねばならないのだ。

なぜか気が重い。それは勘のようなものだ。

透があれほど騒がれていたにもかかわらず、女生徒には関心を示さず、私とも異性を意識しない関係を維持してきた背景には、透なりの信念だかこだわりだかがあって、彼にとっては簡単に振り払うことのできない、大切なものに結びついているように思えるのだ。そのせいで私はかなり気分が滅入っていた。

そうかといって、そんなつかみ所のない理由で友達の頼みごとを断ると、またあらぬうわさを立てられるのは目に見えている。


夜になって透の携帯に電話を入れてみると、すでに帰省して私同様退屈な日々を送っているという。学生寮はよほど用事のある人でなければ帰省を強制されるそうだ。

「だって、ここ以上に何もないところだし。その月の寮費はとられるんだけどね」

慎み深く笑うところはちっとも変わっていない。私はなつかしさのあまり、高校時代の友達があなたに連絡をしたがっている、という用件を伝えるのは後回しにして、どこかへ出かけてそこで話をしようと考えた。

「どこに行く？　海？　湖？」

何もない田舎への腹いせに、皮肉半分で尋ねると、

「日焼けしたくないなあ」

という。まあ、草食系だしねとうなずいて、通っていた高校がある町まで電車で出て、駅から歩いて十五分の諏訪神社に出かけることにした。いくつも大木があれば日差しは防げるし、何よりも地元で会うと、当の友達に目撃される公算が大きいからである。

三年間その高校に通っていたのに、商店街を挟んで学校とは反対側にある諏訪神社に足を踏み入れたのはこの日が初めてだ。

神社があるのは知っていた。秋祭りになると商店街に山車が出て、普段はどこに隠れているのだろうというほどの人だかりが通りを埋めたものだった。日常的には何の目的もないような歩道橋も、この日ばかりは見物人であふれていた。

大きな木陰を提供して、うっそうと生い茂る木々。その下にぽかんと口をあけてこの時期数少ない客を待っている茶店がある。私たちはその店先にしつらえられた、お茶会席のような緋もうせんと座布団を敷いたビールケース製の『いす』に座り、名物といっても神

社の茶店ならどこにでもありそうな焼き団子と冷茶をたのんだ。

私の母ぐらいの年齢の無愛想な女性が、お盆に載せた注文の品を運んできた。

ひんやりとした常盤の緑がもたらす空気が、季節と時間を忘れさせる。空気が澄んでいるので肌を刺す日差しは都会よりもずっと強いけれど、ひとたび木陰に入ると自然の力によって冷やされた空気は別世界のように涼しい。

冷えた緑茶を口に含むと、私は手早く用件に入った。

「透に会いたがってる友達がいるんだけど。高校時代の同級生」

「もしかして女子?」

「そう。透って相変わらずもてるんだね」

「困ったなあ」

まんざらでもないというのではなく、心底から困惑したように、眉間にしわを寄せて私を見下ろす。

「僕、誰ともつきあう気はないんだよね。っていうか、さっちゃんにだけは伝えておこうと思ってたんだけど」

「何を?」

透はいつになく怖いほど真剣な表情を浮かべると、しばらくじっと自分の手元を見ていた。その間合いは、覚悟をきめてバンジージャンプに挑む人間の、追い詰められた葛藤と息遣いを感じさせる。

「僕、女の子は好きにならないんだ」

「そうなんだ」

私の口から、不思議なほど軽い納得の返事がこぼれた。

「今の環境が男ばっかりだから、そんなふうになったの？」

「いや、そうではなくて」

どうも私には真剣さが足りなかったようだ。無理もない。ＢＬ文化の影響で男同士が好きになるという設定に免疫ができているらしい私は、前から男っぽいところのなかった透が『そっち』の人間であっても、ちっとも抵抗を感じないのだ。

「さっちゃん、性同一性障害って知ってる？」

「え、ああ、知ってるわよ。そういう議員さんがいたよね」

「うん。僕ね、どうやらそれらしいんだ」

「透が？」

彼は申し訳なさそうに弱々しく笑ってうなずいた。

「それって、あれ？　心と体の性が一致しないっていうやつでしょ？」

「そう。僕は体は男なんだけど心は男ではないんだ。男の人を異性として意識してしまうんだよね」

「だから女性を好きにはならないということ？」

「そういうこと」

「はあ、そうなんだあ」

間の抜けた相槌が私の口から漏れた。というより、他にいいようがない。

透の告白はかなり衝撃的なことにちがいないのだけれど、まだ異性を意識する前から親しくしてきた私には、彼が女の心をもっているのだという事実の重要性が実感できないのである。

「ごめんね。驚いたでしょ？」

「ううん」

私は首を横にふった。透に気を遣ったのではなく本心から。

「それよりも、透が私とばっかり遊んでたわけが、はっきりしてよかったよ。なんだ、そういうことだったのか、って」

透は安心したのか、口元に手を当ててくすっと笑った。

そうなのだ。彼が性同一性障害であり心が女であることが確かになったところで、私たちの関係には何の影響もない。それだけは、まちがいない。

なぜなら透が、危険性のない、しかし外見は頼りがいのある『男』であったことは、外でひとりで遊ぶことを禁止されていた私にとってはとても都合のいい条件だったのだ。しぐさが女っぽい彼に対しても、何の嫌悪感も違和感もなかったし、むしろ好ましい個性として寄り添ってきた。

私にとって『性同一性障害』という名称は、これまでのふたりの関係を新たに見直すものでも、ましてや関係に水をさす障害でもなんでもなくて、彼の個性を便宜上いい表すための単なる学問用語にすぎない。

世間がどういう見立てをしようと、透は透のままなのである。

女っぽいのが当たり前だった透が、テレビに登場して性倒錯を売りにするタレントたちと同じ『人種』なのかと認めることが、私には容易にできない。

透は異常なのではなく、それが透らしさなのだ。

「よかった」

透は、甘えたような目をして私を見た。

「さっちゃんがどういう反応をするか正直怖かったんだ。でもさっちゃんて、僕のことでみんなからあれこれいわれてたでしょ？　だからいずれは話をしておかなくちゃいけないなと思ってたんだ」

「うん。話してくれてよかったよ」

「本当にショックじゃない？　僕のこと軽蔑もしてない？」

「軽蔑って、だってそういうのって透が好きで選んだ個性じゃないでしょ？　ただでさえ苦しんだり悩んだりしているわけでしょ？　本人に責任のないことで軽蔑するなんて、そっちの方がおかしいわよ」

「ありがとう」

まるで石楠花が開いたような笑みが、透の顔いっぱいに広がる。確かに、女性になっても十分に美しい顔立ちだなと思う。

「透がそれに気づいたのはいつごろなの？」

私はそう訊くと、焼き団子をひとくち小さくかじった。

「さっちゃんと遊んでいたころから、妙だなと思ってはいたんだよね。普通、異性といると緊張するのに君といると無条件に安心するんだ。逆にプールの着替えなんかが拷問みたいに感じた。おかしいと思うよりもこれはもしかしたらそうなのかな、と思い始めたのが高校二年のころ」

「そうだったんだ」

私は、高校時代に好きだった理系のイケメンが、透について話していたことを思い出した。

(あいつプールの着替えとかめちゃくちゃ早えんだ。着替え終わったら隅っこで目を伏せてタオルかぶってるし)

(ああ、それ、俺も見た)

別の仲間も話に加わった。

(本当なの？　みんなが女っぽいってからかうから、わざとやってるんじゃない？)

私が確かめるように問いかけると、

(いや、あれ本気っぽかったよな)

(うん。俺も、からかうのやめようってマジで思った)

と、ふたりとも深刻な表情でうなずいていたのだ。やはり透にとって、男の中での着替えは拷問だったのだろう。

「よくそういう人って性転換とかするじゃない？　透はどうなの？」

「僕は女性になりたいとは思わないんだ」

「ふうん」

「性同一性障害にもいろいろあって、たとえばホモとかレズって相手が同性だから好きになるんで、性転換したら意味がないでしょ？」

わかったようなわからないような説明だが、そんなものなのかなという思いで私はうなずいた。

「僕はカミングアウトするつもりもないから」

「そうなの？　不便なこととか、この先ないかしら？」

「今のところ考えられないな。大学はほとんどが男子だから、キャンパスの中で彼女ができない自分を気にする必要もないし」

「でも私、そういう人ってみんな性転換をしたいのかと思ってた」

「だから、いろいろあるんだって。さっちゃんは、僕が性転換をした方がいいと思う？」

「そうねえ・・・」

私は彼のやさしいまなざしや健康そうな赤い唇、全体的に繊細なつくりをしている見慣れた顔をしみじみと見つめなおした。

「女性になった透なんて想像ができないなあ」

「でしょ？」

そう、女の子の心を持って男の肉体を持った透の方が、まだ理解が可能だ。それに外見が女性になってしまったら、もう彼は（彼女？）私の知っている彼ではなくなってしまいそうな気もする。

「困ることってない？」

「ないよ。これまでの自分に対する扱われ方が全て変わっちゃうのも、逆に不便だし。特に大学なんて男女の区別とは全く無縁でしょ。着替えなくちゃいけないような授業もないから、困ることなんて何もない。僕は社会的には男だから」

「結婚とかはどうするの？　親には、いってあるの？」

「いってない。君が最初。あの世代ってこういう話に免疫力がないから、わかってもらうのが大変だと思う」

「いつかはいわなくちゃならないでしょ？　早い方がいいんじゃない？」

「いわなくちゃだめかな？　男として生きるんだから何も変わらないと思うんだ」

「だからさ、好きになる相手は男なんでしょ？　結婚とか困るじゃない？」

「結婚なんてしなくってもいいじゃない？　そんな人いくらでもいるよ」

「うん、そうだよね」

いわれてみれば、そのとおりだ。今は、女性に対して「結婚しないの？」と尋ねるだけでもセクハラになってしまう時代なのである。幸せなんて他人がきめることではない。自分の心がきめるものだと、誰かがいっていたではないか。

「誰にもいわないでね」

透は、はにかんだような笑みを浮かべて私を見つめる。

「大丈夫よ」

と太鼓判を押したものの、私は友達から託された頼みに対する返事を、彼からもらわなくてはならないのを思い出した。

「でも、どうしよう、あなたに会いたがってる友達に、なんて返事したらいいの？」

「僕から返事しようか？　もう好きな人がいるからって」

「私が疑われるわよ。今でもあなたと私はつきあってるっていわれてるのよ。今だって誰かに見られてたらどうしよう、ってびくびくしてるんだから、私」

透は、しょんぼり、といった風情で目を伏せる。

「いろいろ迷惑かけてるんだね」

「そういう問題じゃなくてさ。いい。私からいうわ。彼には大学で彼女ができて私にも東京で彼氏ができたって、そういうから」

「さっちゃん、彼氏できたの？」

「作り話に決まってるじゃない」

好きになった人がいると正直にいえなかったのは、私の考えすぎなのかもしれないが、透の問いかける声がひどく悲しげに聞こえたからである。

私はこれからステキな恋にめぐり合える可能性がある。少なくとも透よりは、その可能性と将来性は明確だ。幼い頃から私を守ってきてくれた彼を、その苦しい胸のうちを告白されながらも置き去りにして、自分ひとりだけが明るい未来に向かって歩き出そうとしていることに、私はとても後ろめたいものを感じていたのだ。

「いるんでしょ？」

透は、焼き団子を噛みちぎって笑った。そのしぐさは、多少なりとも肩の荷が下りたような安堵感を漂わせている。やはり考えすぎなのかもしれない。

私は気を遣う必要などないこと、よけいな気遣いはかえって透にとっても迷惑であることに気づいて、歩行中の鳩のように首を前に伸ばしてうなずいた。

「うん、まあ」

「やっぱり」

「なんかうれしそうなんですけど」

「だって、僕にはもう君を守ることができないもの。だから、早く男を見つけてほしいと思ってさ」

「やれやれだと思ってるんでしょ?」

透と私は、声を上げて笑いあった。笑いながらも、私はまだ慎吾とたった一度だけ数分間、会話らしい会話をしただけであることを思い出した。

六

透に会いたがっていた友達には、電話で結果を伝えた。彼は大学で彼女ができたみたいだと話し、ついでに、同じ国立大学の子だからきっと優秀なんでしょうねという、三流私立大学に進学した女友達が絶対に意気消沈しそうな嫌味も付け加えた。

彼女はそれであっさりと引き下がったので、私も東京で彼氏ができたという大嘘はつかずにすんだ。正直なところ、ちょっと物足りなかったのだけれど。

夏休みが終わり、盆に集まる人手をつかって、田舎ではほとんどの農家が早々に稲刈りを終えていた。

東京に向かう三両編成の電車の窓から、稲穂のなくなった広大な田んぼにぼんやりと目を当てたまま、私は透が願っているのなら、ぜひとも恋を成就させなければならないという義務感にとらわれていた。

(でもなあ、慎吾さんにも彼女くらいいるだろうなあ。結構ステキだしなあ)

私はそれをどうやって聞きだそうか、それとも思い切って告白して『つきあってください』って頭下げようか、などとあれこれ考えをめぐらせては、悠然と広がる大空を仰ぎ、ため息をくりかえした。

夏休みの最終日、私はラストオーダー近くになってバイト先に顔を出した。明日からよろしくお願いいたしますという挨拶を兼ねて、晩御飯を(うまくいけば)ご馳走になろうと思ったのだ。もちろん、夏休み中は毎日働いている慎吾の姿を拝むという目的もある。

注文したクラブハウスサンドウィッチはサービスにならなかったが、店長の裁量でドリンクバーは無料になった。意外とケチだなと思ったが、本日の定食か何かを注文していたら無料だったのかもしれない。

サンドウィッチをもって来てくれたのは、慎吾だった。

「慎吾さんは、夏休み中ずっとバイトだったんですか?」

何かいわなくちゃという思いでやっとひねり出したのが、このつまらない問いかけだ。案の定彼は、

「そうだよ」

と無愛想にこたえた。このままでは終わらせたくないので、思い切って声をかける。

「慎吾さん、仕事のあと、あいてますか？」

彼は耳を疑ったように、黙って目を丸くした。

「え、あの、その、おみやげ買ってきたので、わたしたいんですけど」

「じゃ、今もらうから」

私がとことん悲しげな顔をしてみせたのがおかしいらしく、慎吾はくすっと笑って、

「嘘だよ。あいてるよ」

と、本当にささやくような声でこたえた。珍しく穏やかな慎吾の薄笑いに、私の心の中は、色とりどりの風船が何百と空へ舞い上がったような気分になった。

慎吾は閉店後の十一時まで店を出られないので、私は商店街にあるファーストフードの店で待っていることにした。

ファミレスを出て約束した店に入り、薄いコーヒーだけを注文して本を読みながら一時間ねばったころ。

「いらっしゃいませ！」という華やいだ声に入り口を見ると、飾り気のないポロシャツ姿

の慎吾が現れて、まるで出迎えの声を無視するように、まっすぐ、そして無愛想に、私が座っている席まで近づいてきた。

「お待たせ。じゃ、行こう」

「はい？　」

「飲みにいくんだよ」

「え、でも私まだ未成年だし」

「何、それ」

冷ややかに笑われた。

私は慎吾の気持ちが変わらないうちにと、あわてて紙コップの中のアメリカンを飲み干すと、先に戸口に向かった慎吾のあとを追って、小走りでトレイを返却台に戻した。

「どこに行くんですか？」

背の高い彼と横に並んで見上げて尋ねると、

「チェーン店の飲み屋でいいよね」

という。いいも何も全くの未定、お任せ状態の私には「いいよ」というしかない。さりげなく『飲み屋』と口にする、少しばかり年上の慎吾が、都会の暮らしになれた、頼りがいのある大人の男に見えた。

黙って歩き続ける慎吾について、生まれて始めて飲み屋の暖簾をくぐる。中は明るい和風の店で、平日なのにほとんど空席がない。

私たちは比較的奥にある、ついたてで仕切られた部屋に通された。

「お疲れのところ、すみません」

その日のお通しであるらしい、こんにゃくとぜんまいの煮物がふたつのっかったテーブルを挟んで座る慎吾に、私は深々と頭を下げる。

レストランの仕事を一日やっていると、髪の毛にも体にも、油やさまざまなソースや甘ったるい生クリームのにおいやらが染み付いてしまい、疲れ以上にそっちの方をまっ先に処理したくなるのだ。

「いいよ」

慎吾は無愛想にいって熱いおしぼりをひろげると、両手でそれを顔全体に押し当てた。


「明日からは慎吾さん、また週末だけなんですよね」

「そう」

実にもの足りない反応に、私は思い切った発言を口にした。

「だからね、今日店に行ったんです。慎吾さんに会いに」

「俺に？　わざわざおみやげのために？」

慎吾の表情には、迷惑に近い戸惑いが浮かんでいる。少なくともわざわざ会いにきた私に対して、喜びをあらわしているという顔ではない。

「いけませんでした?」

「別に」

「あ、そうそう、おみやげですね」

おみやげというのはあくまでも口実で、本当の目的は他のところにあるために、私は慎吾に指摘されるまですっかり忘れていた品物をバッグの中から取り出した。

「地元の神宮で買ってきたお守りです」

私が差し出した白い袋を、慎吾は下からすくい上げるように取り上げた。

「ありがとう。何のご利益があるの?」

「そこは戦いの神様なの。出雲大社の神様と戦って勝ったんですって」

「ふーん」

神話なんて全く信じていない、とでもいいたげなあやふやな笑いを浮かべて、彼は紫の絹地につつまれたお守りを目の高さにぶら下げてみせた。

店員が慎吾の前にウーロンハイを、私の前にウーロン茶を置いていった。とりあえず私たちはそれを手にとって乾杯をした。

「俺、女の子から誘われたなんて初めてだ」

彼はまじめな顔をして私の目をまっすぐに見た。

「私も初めてです」

「どうして俺を誘ったの？」

「いい人だと思ったから」

「まだ、俺のこと何も知らないんだろ？」

「三歳年上の薬学部の学生で、埼玉県生まれで実家は福島県」

「それのどこがいい人なんだよ」

　鼻先で笑われた。スタイルと顔がいいからと付け加えたかったが、ますます軽蔑されそうだった。

「じゃあ、特別に欠点が多い人なんですか？」

「俺ね、去年失恋してるんだ。フラれたの」

「えー、どうしてですか？」

「つきあって三ヶ月くらいのときに、あることをうちあけたら、ドン引きされた」

「そうなんですか？」

「それでね、思ったんだ。これからはつきあう前に説明しておこうって。その方が互いに傷つかないから」

　何か特別に重大な秘密でも、背負っているんだろうか。透の告白みたいに。

「まさか性同一性障害で、女性を好きにならないとか」

「何、それ」

　慎吾の顔に、明るい笑いが広がる。

「それだったら、女とつきあわねえだろ」

「あ、そうですね」

　私は自分の発言がおかしくて、声を上げて笑ってしまった。

「訊いてもいいですか？」

　テーブルにひじをついて身を乗り出し、私は慎吾に顔を近づける。

「あとで、食ったモン吐いてもしらねえぞ」

　私は返事に詰まった。

　ただ事ではない、食事の席にはふさわしくない異様な過去が彼の両肩にはのっかっているのだと覚悟をきめると、私は姿勢を正して「はい」と返事をした。

「俺の母親って、元愛人なんだ。スケベな親父でね。で結局、本妻は追い出されて愛人である俺のお袋と再婚したんだ」

　私は「そうなんですか」と表情を変えずにうなずいた。この話がほんの序の口だというのがわかりきっていたからだ。

「前の奥さんとの間に子供がいてね。俺にとっては義理の兄貴になるんだけど、お袋はもちろん大切に育てようとした」

「ええ」

「でもさ、兄貴だって子供ながら、俺たち親子の存在が自分の母親が出て行く原因になったことぐらい、うすうす気づいているわけ。だから俺は兄貴にいじめられた。見て、ここ」

慎吾は額にかかっている、ゆるくウェーブのかかった長い前髪をかき上げた。そこには五センチくらいの長さの、髪の毛が生えないために白い地肌のままの細長い傷跡があった。私はさらに顔を寄せてそれをしみじみと観察する。

「かなり大きな傷だったんでしょうね。まだ小さいときの話でしょ？」

「ああ。目の前を血が流れていったのを覚えてる」

私はいくらか眉を寄せてうなずいてみせた。あまり平然としすぎているのも、慎吾ががっかりするだろうと思ったのだ。

「まあ、こういうのは」

前髪をおろし姿勢も元に戻して、慎吾は話し続ける。

「親が気づいて病院に連れて行ってくれるからいいけど」

痛々しい場面を想像しているところに、底抜けに陽気な店員の「お待たせしました」という声が聞こえて、注文した若鶏の唐揚げを盛った皿がテーブルにのせられた。店員が立ち去っていくのを見届けて慎吾に視線を戻すと、彼も私の目を見て続ける。

「根の暗い兄貴でさ、外からは見えないところにも悪さをしやがったんだ」

「悪さ?」

慎吾は、私の顔色を解読するかのように、さらに凝視しながらうなずいた。

「下着を脱がされて大事なところをゴムで縛ったりマジックで落書きしたり」

息が止まるかと思った。とっさに返事ができなかった。

それでも何かいわないと、前の彼女のようにドン引きしたのかと思われるのではないかと、私は意地になって、

「ひどいお兄さんですね。変態じゃないですか?」

と小声で毒づいてみせた。

「まちがいなく変態だよ」

慎吾は唐揚げに箸を伸ばしたが、私にはできない。むき出しにされた幼い子供のみずみずしい肌が、漠然とではあるがまぶたの裏に思い浮かび、キツネ色の衣の下に現れるうす桃色の若鶏の肉に歯をたてることに、変な抵抗を覚えてしまったのである。

吐き気に襲われはしなかったけれど、確実に食欲はうせた。何も考えずに唐揚げなどを注文したことを私は心底から後悔したが、よもやこのような話になるとは思っていなかったのだから無理はない。

「しかも俺は、それを誰にも訴えなかった。やられるのがわかっていて逃げもしないで兄

貴のおもちゃになっていたんだ」

　まるで醜い内臓の中身までをさらけ出し自分の誇りを捨て去ったようにいい切ると、慎吾は噛み残した唐揚げを無造作に口に放り込む。その、どうにでも評価してくれという自暴自棄なしぐさに、私は妙に心を揺さぶられた。

「がまんしてたんですね。かわいそう、慎吾さん」

　私の胸の中は同情だけでいっぱいになっていた。慎吾の恋がその話で終わってしまったのなら、私は堂々と受け止めてあげようという対抗心もあったけれど、やはり彼に対する哀れみがどんな感情よりも勝っていた。

　私に顔を戻した慎吾の目には、不思議そうなあどけない光が宿っていた。

「俺も変だと思わねえ？」

「思わないですよ。それで、今、その変態兄貴はどうしてるんですか？」

「別れた。てか離婚したんだ。お袋は俺だけを連れて実家がある福島に帰った」

「そうなんですか」

　私がうなずくと、慎吾は箸を取ろうとしない私の手元を見やって、

「やっぱ、食事中にする話じゃねえな」

　と、やさしく静かに笑ったのである。私は首を横にふった。

「でも、最初に話しておこうっていう慎吾さんて、やっぱりすごいと思います」

ます」

「だって、普通はいいところばっかり見せようとするじゃないですか。それであとで続かなくなって失敗するみたいな。それなら最初から全てをさらけ出してしまう方が信頼できます」

「すごい？」

私のせりふに特別心を動かされた様子もなく、慎吾はぼんやりとグラスの中のウーロンハイに視線を泳がせながら、「この話して、ほめられたの初めて」とつぶやいた。

これまでの彼からは想像もできないほど安らいだ慎吾の笑顔が、私は彼にとってなくてはならない女なのだという確信を抱かせた。

慎吾の、前の彼女のように、ドン引きするのが一般的な女の子のあり方なのだろうか。私はたじろぐことなど微塵も考えなかった。

幼なじみの透が自分は性同一性障害であると告白した時にも、私は心からの同情を覚え、正しい理解に努めようとした。そしてその勇気を賞賛した。同じ気持ちが、慎吾の告白を聞いた私の中にも、生じていたにちがいない。

もともと私が慎吾のどこに惹かれたかといえば、彼の行動や性格に好感を持ったからではなく、なんとなく翳りのある無口でさびしげな雰囲気だった。私は、運命的に何かを背負っている人に縁があり、関心があるのだ。

「それは、よかったですね」

私の言葉に、慎吾はふっと白い歯をのぞかせて一瞬だけ私に目を向けると、再びグラスの中の液体に視線を戻した。私もその笑顔に慰められて、そろそろとグラスに手を伸ばす。若鶏の唐揚げは無理だけれど、その後に注文した揚げだし豆腐とポテトサラダには何とか箸をつけることができた。

飲み屋を出たのは午前一時を回っていた。

慎吾は、駅を挟んで自分のアパートとは反対側になる私の下宿まで送ってくれた。別れ際に「じゃ、また」と軽く挨拶をしただけで、彼は素っ気なく立ち去った。

私は鉄の門を開けないまま慎吾のうしろ姿を見送り、路地からその姿が消えたところで門の鍵を開けた。

『じゃ、また』という言葉が、また飲みに行こうという意味をもつのか、またバイト先で会おうという意味をもつのか、どちらなのだろうと考えながら。

七

夏休みあけの女子大の教室は、派手な学生を中心に夏の思い出であふれかえっている。見ちがえるほど日に焼けた肌を露出している子、海外旅行で髪型とファッションがすっかり変わった子、「ねえ、聞いて」と私が知りたかったわけでもない自分の恋バナを、それを私が望んでいるかのように丁寧に説明してくれる子。

私は聞き役であることが多い。

どちらかというと、私は人が幸せになる話が好きなのだ。中には、他人の不幸な話のほうを面白がって相対的に自己満足する人もいるけれど、私が特別寛大だとか人間ができているというわけではなくて、人の不幸をあざ笑っていい気持ちになるという心境が理解できないのである。

私に話を聞かせてくれた子は、地方の代議士の娘か何かで、これまで純粋培養されてきた反動なのか、夏休み前に本屋で出会った年下の高校生に積極的に話しかけ、その場でメルアドを教えあったのだという。恋に恋した、というパターンだ。

「だから、実家に戻ってからは毎日のように状況を報告しあっていたの」

「そう」

昼休みに彼女に誘われて入った喫茶店で、私は話を聞いてやる見返りに、彼女は誘い出した側の礼儀として、彼女のおごりでピラフセットを頼んでひたすら聞き役に徹して、その淡い恋物語につきあってやった。

もちろん、今のところメールでやり取りするだけの間柄で、相手は受験生だからデートもままならないけれど、彼を励まし私もそのがんばりに励まされる、それがいいのよねと、うっとりと宙を見つめるのだ。

（私は、バイト先の学生と飲みにいったんだけど）
（いや、今のところはそれで終わってるんだけどさ）
もしかしたら、彼女のつまらないけれど喜びと希望に満ちた恋の話に、余裕の笑みを浮かべて耳を傾けていられるのは、自分が彼女よりもすでに一段上のステージに立っているのだという優越感のせいなのかもしれない。相手が高校生では飲み屋にはいけないだろう。でも、夏休みに毎日のようにメール交換をしていた仲である。チャンスさえあればたとえ相手が受験生だろうと何だろうと、それなりに関係は深まってしまうのではないかという変な心配が、私の中にくすぶっているのだった。

彼女が派手なチャラチャラした娘だったら、ライバル心など抱きもせずに指をくわえて見送れたと思うのだが、同じように地方の出身で品行方正な高校生活を送ってきたという親近感が、なおさら抜け駆けを許さないという気持ちに私を追い立てる。

話したいことをすべて話し、私にご馳走をするという役割に満足したかのように、育ちのよさをその表情にも身なりにもまとってレジをすませている友達を、いかにも好意的な笑みを口元に浮かべて眺めながら、私は慎吾のことを考えていた。

慎吾は再び週末限定のバイト生に戻り、話す機会もあれ以来ほとんどない。もっとも、あのような陰湿な過去を告白をした彼のほうから、積極的に私を誘うのはありえない。これ以上の進展を望むのなら、ここは私が意を決して声をかけるべきなのではないか。

何しろ、つきあう前に話しておいたほうがいい、ことを話してくれたのである。かなり脈ありと判断するのは、決してまちがいではないと思う。

土曜日。私はバイトへいく途上で作戦を練った。

私は相変わらず九時上がりなので、事前に申し出ない限り慎吾が終了する時間まで一緒に働くことはできない。

早く帰りたいというのではなく働きたいというのであるから店側は何も困らないと思うのだが、意外と店長はうるさくて、余剰人員はいらないというクールな管理職なのだ。

しかも閉店間際の客もまばらなホールで、ラストの雑多な仕事を担当したこともない私のようなものがうろちょろしていては、かえって邪魔になるだけだろう。

それでその日も、私は事務所でチャンスを見計らって慎吾に近づいて、前と同じ商店街のファーストフード店で待っているので飲みに行きませんか？　と声をかけたのである。

「飲みに？」

不審そうな反応だった。

「だめですか？」

と、口を尖らせて聞いてみる。以前の私ならこんな甘えたしぐさは決してみせなかったのだが、彼がめったに聞かせないであろう秘密を自分も共有しているのだという自信と油断と勘ちがいが、私にそのようなしぐさを選ばせたのだろう。

「いいよ」

慎吾は白い歯をのぞかせて、あっさりと返事をする。これで今夜も怖い思いをせずに下宿に帰れるのだと、私はそんなことを考えた。

ファーストフード店の入り口近くの席でコーヒーを飲んで待っていると、仕事を終えた慎吾が戸口に姿を現した。私は即座に立ち上がりカップとトレイを返却台に戻すと、小走りで店の外に出る。

慎吾は立ち止まり「今、気づいたんだけどさ」と私から目をそらしていった。

「財布に金、ないんだ、あんまり」

「それなら私が出しますよ」

「だめ。俺、男尊女卑だし」

「はあ」

ではどうしたらいいのか、と彼を見上げて黙っていると、慎吾はしばらく視線を泳がせてから、まっすぐに私の目を見た。そして、すこぶるまじめな顔をして、

「俺んちに来る?」

と、意外な提案をした。

「慎吾さんの?」

「狭いところだけど」

そういう問題じゃないでしょ、と胸のうちで突っ込んでみる。

若い男の、ひとり暮らしの部屋に？

お金がないというのは本当なのだろうか？

あらゆる疑惑が思いつくのだけれど、口にはしなかった。ふと、あの品行方正のお嬢様と顔も知らない高校生の姿が目の前に浮かんで、私のライバル心をかきたてたのだ。

結局私は「おじゃまします」と緊張のあまり堅苦しい返事をして、それでも迷わず慎吾についていった。ワンルームのベッドがひとつしかない男のひとり暮らしの部屋に。

バイト先で午後四時半にまかない食を食べたきり、コーヒーいっぱいしか飲んでいない空腹を満たすために、慎吾はキッチンにあった残りご飯で、手早くおにぎりを作った。

パーテーションで仕切られた奥の部屋には、薬学関係だかなんだかの難しそうな本が棚にびっしりと並んでいる。

きちんと目的意識を持ったまじめな学生らしい一面に感激していたのもつかのま、その本棚の前で慎吾は私を抱きしめて、そっと触れるようなキスをし、私が抵抗しないとわかると、そのままそろそろとベッドに導いて押し倒した。

その夜のうちに私は大人の女になったということはなく、交替でシャワーをしたあとは、ベッドの上で寝巻き代わりに貸してくれたシャツの上から私の胸をまさぐっただけ。

私が期待と不安を天秤にかけているうちに、

「今日はここまで」

と、慎吾はそれまでのすべてをリセットするようにあっさりと切り上げた。男の生理を多少なりとも理解している私にとって、信じられないほどの自制心である。物足りない反面、私は大いに安心した。何しろ、あのゼミのお嬢様に対抗して大人の恋にあこがれてはいるけれど、身体は積極的に男を欲しているわけでもない。ともすれば私の心の隙間には、安全な下宿に帰らなくていいのか、あんなに心配性の親を裏切っていいのかという、道徳的な自分がちらついていたのだ。

でも、いったんスタートラインに立ってしまったからには、走り出してゴールをめざすほか、私の中では考えられなくなっていた。あの品行方正な友達を見返すために、そしてたぶん私をほしがっている愛しい慎吾のために。


秋の深まりとともに私と慎吾の肉体的な距離は縮まっていった。

部屋に泊まるたびに性行為の内容は濃くなっていく。

布を通してのふれあいが直接のものになり、手や指だったのが口や舌になり、慎吾によって開かれていく部分が徐々に広がっていった。

彼は、いつも私の反応を見て次の段階に進んだ。まるでひとつひとつのステージをクリアしないと次に進めないゲームのように。

私が一切抵抗しなかったからだろう、彼はそれこそいろんなことを試す。早く本番をやってほしいと願うほど、みだらで恥ずかしいこともする。

一足飛びに結合を求めようとしないのは大切にされている証拠なんだろうかと思ってみたり、意外に彼はこの痴漢みたいなプレイを楽しんでいるのかもしれないと疑ってみたり、あれこれ戸惑いながらも、私は慎吾の要求をどんどん受け入れていったのである。

結果として慎吾を私の体の奥深くに受け入れた夜、それはこういう交際が始まって実に三ヵ月後のクリスマスが近い年末のことだったけれど、大して痛みも出血もなかったのは、このお試し期間が功を奏したのにちがいない。

体を離し処理を終えてから、改めて私を抱き寄せるときの、行為のあいだはずっと私をリードしてきたとは思えない、あどけない、陽だまりの猫のように安らいだ慎吾の笑顔は、愛しあうことの幸せというものを私に気づかせてくれるのだった。

八

慎吾のアパートで目覚める日曜の朝。私はいったん下宿に戻って改めてバイトに出かける用意をする。

管理人の老夫婦に朝帰りを見とがめられることはない。彼らが気をつけているのはこの敷地内における安全であって、成人に近い女子大生が外で誰とどんな行動をしようとそれは彼らに責任があることではないのだから。門と玄関の鍵さえきちんと閉めておけば住人の責任は果たしているのであり、朝帰りだろうと外泊だろうと干渉されることはないのだ。第一、女性の夜遅いひとり歩きよりも、朝の明るい時間帯に外を歩くほうが絶対に安全に決まっているではないか。

これが厳しい学生寮なんかだと、外泊先の氏名と続柄を事前に登録しなければならず、場合によっては保護者の認めが必要だったりするという、窮屈な話も聞いている。親を裏切るつもりは全くなかったのだけれど、下宿住まいは正解だったのだ。

その後ろめたさは私が必ず親元に帰る長期休暇が近づくにつれて、だんだんと色濃く心の中に広がっていくのだった。

私はひとりになると何度も自分に問いかける。

このまま慎吾とあのようなつきあいを続けていていいのか、と。

親がもっとゆるい危機管理意識の持ち主だったたら、私はここまで悩むことはなかったのであろうが、何せわが親の、特に父親の心配性といったら異常ともいうべきもので、さらにその理由を知ってしまった私としては、両親の心配をないがしろにするのはひどく心苦しいことだったのだ。

冬休み。

正真正銘大人の女性になった私は、親との約束を忠実に守って里帰りを続けていた。四ヶ月ぶりに会う母は、以前よりもすこぶる快活なものを身に着けていた。

「たぶんね」

台所でおせち料理の準備で立ちっぱなしの母は、テーブルでお煮しめの金時にんじんを梅の花型にしあげるために包丁と格闘している私を振り向きながらいった。

「さっちゃんがめったに帰ってこないのと、ここのところお父さんの出張が重なったから、ひとりでいることが多くなって、なんだか緊張感で気持ちが引き締まったみたいなのよ」

「じゃあ、よかった。めったに帰ってこなくて悪いと思ってたから」

「アルバイトが忙しいの？」

「だって、ほとんど毎日行ってるんだもの」

「夜遅いからそれだけが心配なんだけどね」

そういいながら彼女は黒豆を煮ている大なべのふたをとり、中をのぞき込む。

「都会は夜も昼も危ないといえば危ないし、田舎と違って夜も人は歩いてるから、怖い思いなんてしたことないよ」

「まあ、それもいえるわね」

母は大きくため息をついた。だって、マナミが殺されたのは真昼間だよ、と私は赤いにんじんに切込みを入れる包丁の刃先を見つめながら、胸のうちでつけ加える。

あの澄み切った青空の下、車止めの柵で鉄棒をしていたときも、周囲には誰もいなかった。その直後の記憶が完全に失われていることで、私は遠い昔の、あの団地の静かな昼下がりの明るさが、恐怖の象徴のように思えてならないのだ。

マナミが殺されたのも、同じような明るい昼間のことだからなのだろうか。

途切れた記憶の続きを知りたい。閉ざされたものの中身がわかることで、私の恐怖感も緩和されるのではないかと思うのだ。

私はふと、あの団地を訪ねたいという衝動に駆られた。最寄り駅の名前をはっきりと覚えていないので母に確認したかったけれど、あの団地で起きたマナミの事件が母の精神を蝕んだことを思い出してとっさにその気持ちを打ち消す。

知香さんに確かめてみよう。

彼女は今も、あえて事件現場から遠くない場所に住み、仕事もその周辺に見つけたといっていたから。

幼なじみのマナミの殺害現場となった私の幼いころの住処である団地を訪ねる、私はひそかに計画を立てて冬休み中にそれを実行することにした。

もしかしたら、私の中で途切れたままになっている十五年前の記憶の続きが、なつかしい風景の中でよみがえるかもしれないと期待しながら。

本当のところ、わざわざ団地を訪ねる決意をした一番大きな理由は、退屈だったからだ。これまでも冬休みは退屈だった。高校時代は宿題やら受験勉強やらで気がまぎれたけれど、年末年始はいつも透たち一家は田舎に帰ってしまうので遊び相手がいなかった。

今年は透が遠い町でひとり暮らしをしているので、彼の家族がどんな予定でいるのかは知らないが、東京で恋人もできた私が、田舎に戻ったからといって、これからも性同一性障害の幼なじみと一緒にすごさねばならない理由はない。

私はむしろ透に対して引け目を感じ続けていたので、あまり彼には会いたくなかったのだ。私だけが幸せになってごめんなさい、というやつだ。

もちろん私に恋人がいようといまいと、カミングアウトも性転換手術もするつもりのない彼が、いい男を見つけて確実に恋を成就させるという保証はないのだから、私は私で自分の幸せを追求すればよいのだ。

透だって、私に好きな人ができたことを喜んでいたのだから。僕では何もしてやれないからといって。

うれしいけれど、さんざん世話になってきて少なくとも心憎からず思ってきた透を相手に、私はひとりで幸せをつかんで舞い上がっている姿を見せたくない。そんなに身勝手な女ではない、と自分で信じていたかったのだ。

大晦日前日に透の両親が我が家を訪ねてきて、これから三重県の実家に戻りますと伝えた。新聞をとめていないので（正月の新聞は読み応えがあるので断らなかったらしい）ドアポストを見ていただけますか、という依頼をかねての訪問だった。

「透くんも一緒に？」

母は、気のせいか私のほうに意味ありげな視線をちらちらとよこしながら、そんなことを訊いている。残念ながら、私は彼に会うのを楽しみにしていない。

「いいえ、戻ってこないのよ」

透の母親は、眉尻を下げながらこたえる。

「なんでも予備校でバイトを始めたらしくて、正月休みなんてないんだそうで。それがね、生活費がかかるわけではなくて、パソコンを買いたいから、とかいってるのよ。今の子は何を考えてるんでしょうね」

「透くんは優秀だから、大学のお勉強に必要なんじゃないの？」

必要だろうか、と思いながら、私は母の肩の辺りを見つめていた。


バイトには学校が始まってから行く予定になっている。知香さんに連絡を取ってあの団地を訪ねたいというと、彼女もぜひ同行したいというので、親には不満顔をされたけれど予定よりもちょっと早く東京の下宿に戻った。

その日は土曜日だったので、バイト先に立ち寄ればきっと慎吾に会えるだろうと電車の中で思ったのだが、何となく彼とあの団地とは切り離しておきたかった私は、多少後ろ髪をひかれる思いでそのまま下宿に向かう。

知香さんとは、池袋駅から出ている私鉄沿線のB駅で待ち合わせることになっていた。JRの改札が何箇所もある池袋駅で待ち合わせるよりは、表示に従ってともかく電車に乗り、改札口がひとつしかない駅で降りたほうが、よほどわかりやすい。

B駅に無事に到着した私を、知香さんは改札を出た正面の大きな柱の前で待っていた。私を認めるなり、満面の笑みが彼女の顔に広がった。それは痛々しい笑顔でもある。本来その笑顔は妹であるマナミに向けられるものだった。知香さんにとって私はマナミの身代わりなのである。

私たちは駅前のロータリーから出ているバスに乗って、市の南に広がる古い西の原団地へと向かった。

「知香さんも来てくれてよかったです。どのバスに乗ったらいいかわからないですよ」

私は彼女の後ろの席に座るなり、安堵したように彼女に話しかける。

「大丈夫よ。このロータリーから出るバスは、全部あの団地前を通るから」

「そうなんですか」

生まれてから小学校入学直後まで、私が住んでいた街である。

それでも、十五年のうちには駅前の様子も変わりビルも次々に建ち並び、なつかしいという気持ちには到底なれない。それどころか、これから向かう場所が幼なじみの殺害現場であるという暗い事実に思いがいたって、私の気持ちはにわかに引き締まった。

十五年という歳月が、その忌まわしい記憶を払拭するのに長いのか短いのか私にはわからないけれど、幼児殺害の現場となった団地がそのままの姿で今もあり続け、そこに何事もなかったかのように何百世帯もの家族が住んでいることを考えると、私の胸のうちには違和感のようなものが芽生えるのである。

私たちのように新しい場所に移り住むことが、かなわない人もいるのだと承知してはいても、事件後も変わらずそこに住み続けている人たちは、一体どんな気持ちで現場を通り犯人の少年が生まれ育った空間を受け入れているのだろう。

バスの窓の外を流れる、小春日和の温かな光に照らされた、すっかり葉を落としたわびしい街路樹を眺めながら、私はやはり不愉快さを抑えきれない。

おぼろげに記憶がある市場の前で私たちはバスを降りた。通りをはさんで右側に、五階建ての古い団地の建物が同じ方角を向いて規則正しく並んでいるのが見える。

「さっちゃん、自分が住んでいた棟がどれか憶えてる?」

団地の敷地であることを遠慮がちに主張する低くて錆びた柵が続く歩道を歩きながら、肩を並べている知香さんは私を見ながら尋ねた。

「わからないです。いつもその棟の周りで遊んでいたので。ひとりで団地から出たことってなかったですからね」

「そうよね。まだ幼稚園児だったんだものね」

柵が途切れ、敷地内に続く道が現れた。私たちはそこを曲がって団地内に入る。

「ほら、あの建物よ」

知香さんは二棟ほど向こうの建物を指差した。大きな壁面に色のあせた象の絵が描かれてあり、その横に黒い文字で『F棟』と書かれている。

「あの頃は小さな子供が多かったから、わかりやすいように各棟にそれぞれ動物の絵が描いてあるのね」

静かに語る知香さんの頭上で、枯れ枝に止まっていた一羽の冬の渡り鳥が、青く晴れ渡った空に向かって鋭く切ない声を上げて鳴いていた。

敷地の中は細い道が続き、それが左右に枝分かれしてひとつひとつの建物に続いている。各棟へと向かう道には、必ず車止めの鉄柵が設けられていた。幼い頃の私が逆上がりの練習に使ったものだが、新調されたのかどれもよく光るつややかなものばかりだ。

知香さんは通過した車止めを振り向いていった。

「犯人の少年は、いつもその車止めに腰をかけて足を伸ばして、昼間からぼんやりしていたらしいわ。中学校の制服を着て、あきらかに学校へ行ってるべき時間にね。まるで、ターゲットになる幼い子供がひとりになるのを、ねらっていたみたいに」

今もそこにかつての少年が寄りかかっているかのように、知香さんは鋭い眼つきでじっと金属製の車止めの柵を見つめていた。その姿は、深い悲しみや悔しさから決して目をそらすまいと闘っている、犯罪被害者家族の強い意志と覚悟を表しているかのようだった。

「私も見たことがありますよ」

私も、遠い記憶を引きずり出す。

「幼稚園バスの停留所から母と戻ってくると、制服姿の少年が柵に寄りかかってたんです。母が『学校はどうしたの？』って聞くと、母をにらんで何もいわずに立ち去ったんです」

「まともな子供じゃないことは誰もが知っていたのに」

知香さんは、ため息まじりに続ける。

「大事件になるまで誰も行動を起こそうとしなかった。事件を起こした本人が責められるのはもちろんだけど、知らぬフリをして放置していた社会にも責任があると思う」

「本当にそうですよね」

当時は幼かった自分には何の罪もないのだという無責任な認識が、私を大きくうなずかせた。でも、犯人の少年に対し、自分の母親が深く考えもせずに声をかけていたという事実を改めてよみがえらせてみて、私は彼女がマナミの死後心の病ともいうべき状態に陥ってしまった理由が何となくわかるような気がしてきた。

母も、深く悔やんでいたのではないだろうか。

声をかけるほど身近にいた少年に、多少なりとも尋常ではないものを感じていたのなら、なぜそのときに何らかの行動を起こさなかったのか、と。少年の親に訴えるなり警察に相談するなり近所の人同士で警戒するなりしていれば、事件は防げたはずだから。

きっと母は、自分を責めたにちがいない。のんきにかまえていたことが幼いマナミの殺害につながったのではないかと。そして、自身のふがいなさに向き合い続けた挙句、心がぼろぼろになってしまったのだ。

「マナミは、あの茂みの中で発見されたのよ」

知香さんは、前方の自転車置き場の横にある植え込みに向かって歩き出した。

「今は防犯目的でどこも植え込みが刈り込まれているけど、あの頃はもっとうっそうとした感じだったかな。こういう場所に犯人は女の子を連れ込んでたのね」

犯人の少年はマナミが騒いだから殺した、と新聞には載っていた。それまでに自分が性的被害を与えた子供たちは、騒がなかったというのだ。

本当なのだろうか。脅されて声をあげることすらできなかったのではないだろうか。

以前知香さんに聞いた性的被害者のバージニア・ウルフの話を思い出す。どんなに幼い子供にも女としての尊厳はあるはずだという彼女の言葉を、私は反芻した。

私たちはマナミが発見された植え込みの前に立ち止まり、どちらともなく目を閉じ手を合わせる。

　頭上では先ほどの渡り鳥が一羽、また鋭い声を空に向かって発していた。雲ひとつなく晴れ渡った空の下。表の通りを走る車の音だけがＢＧＭのように聞こえてくる。

　静かで平和な昼下がり。こんなのどかな光景の中で、幼いマナミは少年に絞め殺されたのだ。

　何ひとつ悪いことをしていないのに、狂った少年の猥褻行為に抵抗したからというそんな理由で、彼女はあらゆる未来を踏みにじられ、家族の誰にも看取られずに短い生涯を閉じたのだ。

　一方で少年は今もこの広い空の下のどこかで生きている。少年であるという、ただそれだけの理由で保護され許され、大人になって生き続けているのだ。

　猥褻行為や殺人を実行するなんて、もはや少年という枠を超えている。そんなヤツは大人なみに裁きを受けさせて刑罰を与えるべきなのだ。きっと、今もろくな大人になっていないにちがいない。

　にわかにこみあげる憤りを押しとどめて、幼い日のマナミを閉じたまぶたの裏に思い浮かべる。

　この時、私は、初めてマナミのために祈った。

　そして、今の私の幸せが彼女の犠牲の上にあり、そのことに特別な感慨も抱かずに、これまで生きてきたことを謝罪した。

学校に入り勉強をして友達を作って、大学に入ってアルバイトをして恋もして、そういった当たり前のようなひとつひとつのできごとを、マナミは何も経験することなく死んでしまったのだという事実を、改めて胸に刻みつける。

私は、目を開けて高い空を仰いだ。葉っぱを落とした枝の細い木々が、雲のない寒々しい青さの中に突き刺さるように伸びている。

そんな静かな自然の風物に囲まれながら、私は、この世に永らえることを許される命と許されない命を神様はどういう基準で分けているのだろう、などと考えていた。

やがて知香さんも目を開いて姿勢を戻す。

「お花でも持ってきたらよかったでしょうか」

という私の問いに、彼女は首を横にふって力なく微笑んだ。

「もう、ここは事件現場としてはとっくに風化しているのよ。関係者は被害者家族も加害者家族も立ち去っているし。ここで暮らしている人たちにとっては忘れてしまいたい過去のできごとなの。だから蒸し返すようなマネはしたくない」

そういってつらそうに眉を寄せると、隙間だらけの植え込みに目をやった。

「私自身、悲しみに浸っているわけにはいかないもの。マナミだって私が悲しむ姿よりは、性犯罪をなくすために闘っている姿を見たいと思っているはずだから」

「もう、犯人への恨みは消えたんですか?」

知香さんは、私の問いにしばし口をつぐんで言葉を選んでいた。

「消えてはいないけど・・・」

ひどくさびしげな声で、彼女は続ける。

「犯人に対する怒りよりも、当時の司法への怒りの方が大きいわね。被害者家族が全く蚊帳の外に置かれていた、あのやりきれなさ、それに病気になった母との別れの方が、私にとっては問題だったから」

「そうですね」

もはや私には返す言葉が見つからない。そして、被害者家族としての茨の道を経験しておらず傍観者に近い私の中では、不気味な少年に対する怒りが再燃していた。

九

年が改まり、私のアルバイト生活も始まった。週末は、必ず慎吾のアパートに泊まって一夜をすごす、という習慣も再開した。

相変わらずどこへ出かけることもなく、性行為が目的だけのデート。

慎吾の行為は徐々に大胆さをましていくようだった。私たちの絆の成長に比例してのものではなく、これまで遠慮して出し惜しみをしていたらしい。

一方の私も、だんだんと恥じらいというものを脱ぎ捨てていった。すべてを知り尽くした男女の仲で、今さら線引きもないだろうという理屈を盾にして。

積極的にではないけれど、慎吾が求めることは拒まない。体位、愛撫、さまざまな要求に従う私がどんな反応をするか、彼は実に楽しそうな顔で観察する。私は、みだらな行為を次々に受け入れている自分に大人の女性を自覚して、いつしか満足を覚えていた。


そんな奔放な性体験によるフラッシュバックだったのだろうか。それとも知香さんと団地を訪ねたことがきっかけだったのか。

まもなく春休みを迎える直前の薄暗い明け方。

ぼんやりとした夢の消滅と共に目覚めた私のまぶたの裏に、あの、青空の下の、途切れたままだった記憶の続きが、とても鮮明な音と色彩を伴って何の前触れもなく再現されたのである。

その映像は、まだ幼い私自身がカメラを持って撮影したかのように、周囲のものはことごとく高く大きく、明らかに夢でも想像でもない、私自身が記憶しているものであることを示していた。

幼い私は、短いスカートの乱れも気にせずに、誰もいない車止めの柵で、友達のマナミ

を待ちながら逆上がりをしていた。そのとき、背後から人が近づく気配がして、

(逆上がり上手だね)

という声がしたのだ。

振り向くと黒い学生服を着た少年がにっこりと笑って立っていた。

ときどき団地の中で見かける少年だ。見ず知らずの人間ではなかったことが、私に警戒心を起こさせなかったのだろう。ほめられたことがうれしくて、幼い私は笑い返した。

(ひとり？　おかあさんは？)

少年に話しかけられた私は、うなずいて(お友達を待ってるの)とこたえた。

(ねえ、お友達が来るまでかくれんぼしない？)

少年の親しげな口調に、幼い私は即座に(いいよ)とこたえて柵から手を離した。ひとりぼっちの逆上がりよりも、『顔を知ってるおにいちゃん』とのかくれんぼの方が楽しそうだったのだ。

(じゃあ、君が鬼になって僕をさがしに来てくれる？　君が隠れちゃったら、お友達が来たときに困るから)

(うん)

少年の言葉に屈託のない返事をして、私は柵に顔を伏せた。

だが幼い私は、一瞬顔を上げて、少年がコンクリートブロックでできた倉庫のような建

物と植え込みの間に隠れたのを確認した。彼がどこに隠れたか全く見当がつかないのでは、あまりにも心細かったからであろう。

まもなく少年の（もういいよ）という声がした。私は顔を上げると、迷いもせずに彼が隠れた物陰をめざして走っていく。アスファルトの上に、澄みきった秋の明るい陽光が描いたくっきりと濃い影が、悪魔がマントを脱ぎ捨てていったかのように広がっていた。

倉庫と植え込みの間の狭い空間をのぞき込む。少年の姿は見えない。私が二、三歩進んだところで、不意にうしろから目隠しをされた。

温かくて湿っぽい、そして大きくたくましい手のひらですっかり視界をさえぎられたまま、私は（おにいちゃん？）と訊いた。低いふくみ笑いが聞こえ、私はそのまま抱え上げられ、より暗い場所へ進むと、少年の黒いズボンに包まれたひざの上に乗せられた。

スカートからむき出しになった私の細い腿を、少年は両手でそっとなでながら、

（寒くないの？　こんなに短いスカートはいて）

と、あくまでもおだやかに尋ねる。私は（寒くないよ）と、無邪気にこたえている。

大人ならば立派な痴漢行為だ。太股をはっている少年の手のひらの感触が今の私の肉体にフィードバックして、不愉快なことこの上ない。なぜ、子供の私は少年を拒否しないのだろうか。

それは、この時点で『おにいちゃん』は幼女に対して何ひとつ苦痛を与えていないから

である。乱暴なことをいったわけでもしたわけでもない。それが、幼い私が少年の手を拒まなかった理由だ。

いいようのない悔しさが、胸のうちにせりあがる。いい加減に逃げなさいよと、私は幼い自分に叫びたかった。

だが、この映像を中止させるわけにはいかない。大人の私は否定したい好奇心と、目を背けたい追求の心に従って、その後の自分の身に起こるできごとの成り行きを見届けるしかないのだ。

やがて少年のなめるような手のひらは、スカートの中を上へ上へと移動していき、私の下着の中に入っていった。そして未熟な私の陰部に、その指をしのばせていく。

それでも幼い私は身をよじりさえせずに、じっと少年のなすがままになっていた。いやがるどころか、くすぐったいのとは明らかに異なる未知の感覚に、幼児である私は興味さえ覚えていたのだ。

痛くも苦しくもなかったから、じっとしていただけではなかった。未熟なはずの私の肉体は、少年の『愛撫』に心地よさを感じていたのである。

五歳の幼女が？

いくらなんでもそれはありえないだろう。

けれども、それは事実だった。その証拠に、幼い私は何ひとつ抵抗もせずに、少年にされるがままになっているのである。

どんなに別の理由を求めても、じっとしているのは幼い私の意志によるものだった。私が抵抗しなかったのは、この少年を恐れていたからではなく、それが幼女にとって気持ちのいいことだったからなのだ。

それでも幼い私は、これがあまり好ましい行いではないという認識はあったらしい。誰かに見られたら、ひどくまずいのではないかと気づいたのだ。

少年のぬくもりを受け入れながらも、私は小さく弱々しく声で、

(おにいちゃん、もうやめてよ)

と訴えた。

少年は黙ったまま、なおも私の下着の中で指を動かし続けていた。

そして、私が身をよじったことをきっかけにして、やっと手を引き抜くと、私を立たせてその場から何もいわずに立去ったのである。

静かな昼下がりのおぞましい映像はそこで終わった。その後、約束していたマナミに会えたのかどうなのか、さっぱり思い出せない。

今のはなんだったのだろう。

私は混乱していた。あれが現実のことだと認めるだけで精いっぱいだった。何よりショッ

クだったのは、できごとそのものではなく、幼稚園児の私が、中学生に陰部を触られて感じていたということだ。

何度思い出しても、それは体の部分にはっきりとよみがえる感覚だった。あまりの鮮やかさに、私は、きっと今の自分が経験している慎吾の愛撫と混同しているのだろう、と考えてみる。

けれども、下着の中で動いていた少年の指は、大人である慎吾のそれよりもたくましく太く感じるのだ。そう、私の体がそれだけ小さかったということなのだ。

そんな幼い日に、慎吾という男を経験するずっと前に、私は別の男によって性感を呼び覚まされ、陰部にその感覚を刻み付けられていたのである。まるで少年に蹂躙されたことの証のように、消去も上書きもできない『染み』が私の肉体には刷り込まれていたのだ。

信じられないことだけれど、事実であると認めないわけにはいかない。そう、幼い子供は痛いことさえされなければ、いとも簡単に性的な餌食になってしまうのである。

どんなにハレンチな番組だって、猥褻行為の対象になった幼女をあんなふうには描かないだろうと思う。

普通抵抗するだろう。知らない人にそんなことをされたらいやがるだろう。泣いたり喚いたりするだろう。

それがこれまでの私の認識だった。

と、そこまで考えが及んだとき、私はひどく重大な事実に気がついた。

その少年こそが、幼なじみのマナミの命を奪った中学生の少年なのではないか？

私はまだ薄暗い部屋の中、掛け布団をはねのけて起き上がった。

知香さんの話では、その少年はマナミの殺害にいたるまでに何度か幼女への猥褻行為をくりかえしてきたらしい。そして、どの子も抵抗をしなかったのだと主張して、知香さんを憤慨させている。

女性が本能的にそなえている誇りを踏みにじる少年の発言。幼女たちはおびえて抵抗ができなかっただけなのだ。彼女の言葉に私もそう信じた。

でもどうやら、少年の主張は真実だったらしい。私は少年の誘いにのり、容易にだまされて下着に手を突っ込まれ、彼が得心するまで触らせている。暴れたらひどい目にあうなどということは全く考えていなかったし、暴れる理由が見出せなかった。

だって、おにいちゃんはやさしかったから。ちょっと恥ずかしかったけど、痛いことや苦しいことは何もしなかったから。

おそらく少年が手にかけたほかの幼女たちも、同じような気持ちだったのではないだろうか。怖い思いをしたのなら、誰かが親に訴えるはずだ。あるいは、いつもとはちがう子供の様子に、親が何かを気づいたかもしれない。

でも事件は発覚しなかった。まっとうな誇りと倫理観をもっていたマナミが、激しく抵抗して首を絞められるまで、少年は幼女の無抵抗ぶりに味をしめ、何度も猥褻行為を重ねたのだ。

私が誰でもいい、大人にそれを報告していたら。変なことをするおにいちゃんがいると、いつも団地の車止めのところで座っている黒い制服のお兄ちゃんだと、誰かに訴えていたら、マナミは殺されずにすんだのである。

私は、そのままひざに顔をうずめた。閉じたまぶたの裏に少年の姿と、当時のマナミと、その姉の知香さんの顔が浮かぶ。

知香さんは、団地の中で少年の毒牙にかけられた元幼女の証言をほしがっていた。そして、今その願いを私はかなえてあげられることがわかった。ただしそれは、少年のいっていたことは本当でしたという、知香さんの常識を覆すような真実なのだけれど。

私が少年に従っていたのは、決して不愉快ではなかったから。いや、正直なところ気持ちがよかったから。脅迫や暴行を加えられたわけでもなく、幼い私は彼の犯罪に協力するように、その指を受け入れたのだ。

同じ少年の牙にかかりながら、抵抗しなかった私はこうして生きながらえ、自分の誇りに忠実で正しく抵抗した知香さんの妹は殺された。この理不尽で不平等な事実を、私は一体どう考えたらいいのだろう。そして、知香さんは受け止めきれるのだろうか。

きっと知香さんは、被害者の心を救う仕事にかかわっている立場上、私がされたことしたこと感じたことを、何ひとつ責めずに理解に務めようとするだろう。たとえ彼女が被害者の家族というつらい立場の人間であっても、彼女はそれを理性と自制でのりこえて、被害者である私の話に耳を傾けてくれるはずだ。

幼い子供は、相手がやさしくて痛いことをしなければ、たとえ陰部であっても平気で触らせるのだという、私のおぞましい経験によって判明した事実は、カウンセラーをめざす知香さんにとって大いに役立つ情報になるかもしれないのだから。

眠れなくなった私はとりあえず布団からはい出して服を着替える。そして洗面所で顔を洗い、鏡に映った自分の顔をしげしげと眺めた。

ここにいるのは本当に私なのだろうかと、昨日までとは全くちがう気持ちで。

その間もふとした思考の隙間をついて、例のおぞましい映像が、容赦なく何度も私の中で再現される。

少年のひざの上でなすがままになっている幼い私の惨めな姿。

まるで長い間眠っていた歳月を取り戻そうとするかのように、その映像はしつこく脳裏によみがえる。

不思議なことに、その少年に対する憎悪は私の中に微塵も見当たらない。彼がマナミを殺した少年なのだと何度自分に言い聞かせても、黒い制服に身を包んだおとなしそうな印象の中学生に、私は何の怒りも覚えないのだ。

同時に、そんな目にあった自分をかわいそうだとも思わなかった。むしろ、ひどく腹立たしかった。黙って触らせて快感を覚えているなんて。幼女のくせに。

でも、どんな侮蔑の言葉を心に浮かべても、その幼女は私自身。

私は、ほかならぬ自分の存在を恨んでいるのだ。何の落ち度もなく、ただメスの体を持って生まれたという理由で少年の餌食になった自分を。

どうしても、その矛先が罪深い少年には向かわない。

なぜなのか、私にはその理由が全くわからない。頭の中は、自分が抵抗もせずに名前も知らない男に体を触らせていたという、悔しさと惨めさでいっぱいだった。

私は鏡の中の自分に問いかけた。

このまま何食わぬ顔をして大学に行き、平然とアルバイトをするつもりなのか。

中学生の悪さに加担し、全く罪の意識もなくやりすごし、のちに幼なじみの殺害にまで発展したのは、私が問題意識を持たずに生きてきたからではないか。

心地よさを覚えて身をまかせていた私が生きながらえ、当然の望ましい反応として抵抗したマナミが殺された、この忌まわしい事実を、私はこれからも胸のうちに納めたままで生きていくつもりなのだろうか、と。

私は目を伏せた。復活した記憶を再び封じ込めるように。

そして再び目を開けると、ショックのあまり部屋に引きこもる弱い女性ではなく、大学の講義にまじめに参加してその後バイト先で働く、現実社会に生きるたくましい自分を選択した。

この異常な強さは何なのだろうと、ちょっと呆れながらも、自己嫌悪の生傷がいえないままに、ともかく私の気の重い一日は始まった。

十

その日の大学の講義の中に、バージニア・ウルフが登場しなかったのは、幸いなことだったかもしれない。でも、彼女が登場したとしても、私の神経はこわれなかっただろう。同じように性的被害を受けた女だとしても、私と彼女には決定的なちがいがある。

私はくりかえし被害を受けてはいない。そして悲しいことに、私はその行為の間、ほとんど不愉快さを覚えていなかった。要するに深刻な悩みにすらならなかったのだ。

逆に、幼い頃の性的被害がバージニア・ウルフの人格形成にどこまで影響しているのか疑わしい気持ちにさえなった。性的被害そのものが彼女を傷つけたのではなく、性的被害を受け入れてしまった自覚こそが、彼女の精神をぼろぼろにしたのではないか。

一般教養であるフランス倫理学の、口の悪い教授の話に、隣りに座っていた学生と大笑いし、アメリカ人講師による英会話の授業で指名されないことだけを祈りながら時間をやりすごして、午前中は終わった。

私は誰からの誘いも断って大学の外にある喫茶店に向かう。大学の地下にある学生食堂でいつも安いうどんを食べているのに、この日ばかりはいつもの私になれなかった。というか、いつもどおりの私ではおかしいのではないかと考えたのだ。

小さなテーブルしか並んでいないコーヒーがおいしいその喫茶店は、ゆっくりと本を読んだりノートパソコンをいじったりするのがにあう空間だった。

私はごく普通にブレンドコーヒーを注文してバーにあるような脚の高い丸椅子に座る。バッグから文庫本を取り出して小さなテーブルに広げた。あくまでも、カモフラージュのために。

開いた文庫本の同じ場所にぼんやりと視線を注ぎながら、私はもはや凍土のように自分の胸の壁の内側にへばりついてしまった衝撃映像を、内臓にできた心配のない良性腫瘍のように受け入れる。

不思議なのは、なぜ今になってこれを思い出したのか。なぜ今まで忘れていたのだろうということだ。

時に人間は、重要なことは忘れてなんでもないことを覚えていたりする。けれどもすっかり忘れていたその少年とのできごとは、私が青空を見ると必ず思い出す、車止めで逆上がりをしていたまさにその直後のことなのだ。

マナミを待って逆上がりをしていたのはしっかりと記憶しているのに、なぜそこから先がいつも思い出せないのか、私はずっと不思議だった。

私はこういうことを考えてみた。

幼い私はその記憶を、体の奥深い場所に封じ込めたのではないか。あるべき自尊心と、まともな精神状態を守るために。

それほど幼い自分にとって、このできごとは忌まわしく悔しいものだったにちがいない。そして記憶を失っていたために、いわゆるトラウマにもならず心的外傷も負わなかった。もっとも、記憶を失ったことそのものが、心的外傷だったのかもしれないが。

私はそのできごとを誰かに語った記憶もない。そして全てを忘れて、少年のことを思い出すこともなく、今日まで元気いっぱいに生きてきたのである。

事故の瞬間の記憶がない、という話を時々聞くけれど、多分、人間はそうやって自分自身の心を守っているのだ。思い出すと自分がこわれてしまうことを予想して、記憶を閉じ込めてしまうのだ。それと同じものなのだろう。

私は、それをなぜ今頃になって思い出したのか、なぜ私の意識は、その記憶の扉を開けたのか、についても、解答を見つけようとした。そして、漠然とではあるが、私が多少のことでは動じない女性になったから、記憶の封印がとかれたのだと考えた。

脳生理学の専門家ではないので、正しいかどうかはわからないけれど、何か理由がほしかった私は、ひとりでそう結論づける。

読んでもいない文庫本から顔を上げた。クリームを入れただけで口をつけていないコーヒーが、目の前でかろうじて湯気を立ち上らせている。いくばくかの慰めを見出したところで、私はそれを口に含んだ。

店の中の誰も私の行動を監視してはいない。しかし、本を広げたままじっと視線を落としているのに全くページをめくろうとしない学生の姿を、誰かが奇妙に思わないだろうかと気を回して、私は本に手をかける。

それは三島由紀夫の本だ。自身の悩みとはできるだけ隔たったものを本棚から引き抜いてきたつもりだ。けれども今の私は字面を追いさえしていない。ありがたい三島由紀夫の本は、喫茶店で物思いにふける若い女の鬱陶しい心理状態をさぐられないための小道具として、テーブルの上に開かれている。

ページを改めた私は、団地で起きたできごとを早回しでまぶたの裏に再現しては、それを冷静に見据えてみる。いつか知香さんに話すときに、それこそ動揺せずに平常心で語れるように、リハーサルをして自身をならしておこうと思った。

実に静かな店である。考え事をするには最適だ。そして誰もが自分の世界に閉じこもるための小道具、本やノート、パソコンや携帯に集中している。おぞましい記憶の再現をするにも最適だ。

私は午後の講義をサボってしばらくこの空間で時間をつぶそうと決めた。出席を取るような少人数の講義はないし、姿が見えないことを気にしてくれる仲間もいないから。

十一

アルバイトはいつもどおりにこなした。

平日はラストまでずっと客足が途切れず戦場のような忙しさなので、よけいなことは何も思い出さなかったし何かを考える時間もない。ホールに入る前に食事を終えて、休憩もなしで働いた。ともかく暇になって考え始めることが怖かった。いつもと様子がちがうと、それこそ誰かに何かを悟られるのではないかと、そっちを恐れていたのだ。

そして今日が平日でよかった。

脱いだ制服をクリーニング用の布袋に押し込みながら、私はふとそう思った。慎吾に会わずにすむからだ。

幼児期に中学生に猥褻行為をされ、泣きもわめきも抵抗もせず、それどころか心地のよさまで刻みつけて、これまで生きてきた。そんな過去をもった私が、まっとうな恋をする資格などあるのだろうか、という自己嫌悪を、まだうまく処理できていないのだ。

一般的な感覚なら、こんなときにこそ恋人にすがりつきたいものなのだろうけど、なぜか私には被害者意識がないのだ。マナミを殺した犯人には強い憎悪があるのに、少年の姿を思い出しても憎悪や恨みはわいてこない。犯人の中学生がそこらの中学生と同じ、まだどこか幼くて粗野で無知な社会的弱者のようにしか思えないのだ。

私が大学生だという大人の目線で思い出したからだろうか。

さらに少年が、二度も母親に捨てられた不幸な生い立ちである、という事実を聞いていたからだろうか。

それだけではないようなゆとりが、私の中には確かに存在している。もっとしたたかで傲慢な私が、あごを上げて背筋を伸ばし、あの中学生にそしてあの記憶に、堂々と向き合っているのだ。

ともかく私は、経験したことをやはり話すべきなんだろうという気の重さで、慎吾に会うのが憂鬱でさえあったのだ。

話して楽になるかどうかはわからない。ただ、慎吾は自分が過去に性的ないじめを受けていたことを話してくれた。だから私もうちあけなければ卑怯だと思うのだった。

幼児期の暗い過去がある慎吾なら、私を軽蔑したりはしないだろう。だまされたというのも、抵抗できなかったというのも理解してくれるかもしれない。

それでもなお、私の気持ちは決心がつかない。私が幼いながらも性的な快感を覚えていたこと、それが抵抗をしなかった最大の理由だということを、慎吾にわかってもらえるだろうか、という不安がぬぐえないのだ。

土曜日。

当然のように慎吾と待ち合わせる。私の中でいまだに覚悟はできていない。幼いときの性的被害を、彼に話すべきかどうかという結論さえ、まだ出していない。

慎吾は、自分が幼い頃に性的被害を受けていたことを、最初のデートの日に話してくれた。でも、それはあくまでも彼のポリシーだ。

今の私にその必要があるだろうか。自分も同じように被害を受けていたと話すことで、私たちの関係がよい方向へと進展するのだろうか。そして、隠し通すことで何か障害になるだろうか。

アパートに向かう道でも部屋の中に入っても、私はいつもよりは無口になっていた。話すべきかどうか、話すとすればどのタイミングがいいのか、それによる慎吾の反応はどのようなものか、そんなことばかり考えていた。

考える隙間に壁紙のように見える、あの青空と少年の姿と幼い私の無抵抗な姿。

できれば話したくはない。でも、うちあけることで魂が救われるという話は聞いたことがある。慎吾の体験も私のそれも、大人に相談しなければ取り返しのつかないことになるというほど深刻なものではなく、自分が性的虐待に抵抗できなかったという激しい屈辱感を抱いている点がにている。

ちがうのは、慎吾が性的虐待から逃げられなかったのは加害者が家族である兄だったという点。一方、私が少年の手から逃れようとしなかったのは、その行為が決して不愉快ではなかったから。それを、男の慎吾が理解できるだろうか、という不安。

慎吾はそんな静かな私に同調するかのように、あまり口をきかずに夜食をつくりそそくさとふたりで食べ、食器を片付けに立ち上がる。いつもならここで私が先にシャワーを浴びるのだけれど、流しの前に立つ慎吾を見て、突然ある大胆なアイデアがひらめいた。

私は彼の背中に向かって、「いっしょにシャワーしたい」といった。

慎吾は、一瞬、間をおいて振り向いた。疑わしそうな目つきに、いたずらっぽい口元が、私をしみじみと見つめる。

なぜそんなことを要求したのだろう。きっと気晴らしをしたかったのだ。あの忌まわしい映像でぼろぼろになった自尊心が、思い切り癒されたいと願ったのだ。

慎吾は「わかった」といい、食器を洗おうとしていた手を止めて私に近づいてきた。

浴室に入ると、私たちはシャワーを全開にして、惜しみなくお湯を流しながらじゃれあった。どうしてこんな気持ちになったのかなんて、どうでもよくなった。慎吾も、そうしたかったかのように、びしょぬれになった全身で楽しげに私を抱きしめ、私のあちこちに手をはわせ、軽く歯を立てる。まるでこぐまの兄弟だ。

そのひと時は本当に愉快だった。水音と、すべてが洗い流されるような状態の中で、慎吾も大胆に私を扱う。私もそれに応じて精いっぱい反応する。ふたりきりの世界で。何者にも邪魔をされない、完全に閉じた世界で。

そんな刺激的な行為のさなかにいる私を、冷静に俯瞰しているもうひとりの自分が、なるほど、とうなずきながら納得している。

私があの中学生との体験に押しつぶされもせず、性的被害は魂の殺人だという知香さんの言葉が実感としてわかない理由。

私は、記憶を取り戻したとき、すでに男を知った大人の女性だった。

何もわからず、されるがままになっている惨めな幼女ではなく、男とつながることを明確な意志で求め、つながることを可能にする肉体をそなえた大人の女性であった。

あの少年にはできなかったさまざまなことを、慎吾に許し実行してきたのだ。

そうした自覚や自信を備えた立場で、あの記憶を取り戻したのだ。性的な行為を好意的にとらえる能力を身につけた上で、過去の不愉快極まりない経験を思い出した。

だからこわれないのだ。あの中学生に対しても、彼がなしたことに対しても、それがどうしたという厚顔さで向き合えるのだ。

波のようにせりあがる大きな快感を何度も味わいながら、いつしか私は笑っていた。

私は大人なんだ、少年に指で触られたぐらいで魂を殺されたりはしない、と。

慎吾との体験なしにあの記憶が戻っていたら、私はもっと自分を軽蔑していただろうと思う。自己嫌悪にどん底まで陥って、大学にもアルバイトにもいけなくなって、生きる価値を見失い、とんでもない道に足を踏み入れていたかもしれない。

信頼できる男との肉体関係を通して、今の私は性を畏れたり恥じたりしないふてぶてしさを身に着けている。今さら、幼児期の、変態少年による猥褻行為を思い出したからといって、自分には守るべきプライドがないのだと嘆く必要もない。

ウルフがいうところの、女性が本能的にもっている尊厳や誇り、そういうものは慎吾との関係の中で取るに足りないものとして、梱包されてどこかに片付けられてしまっている。だから、こわれないのだ。

慎吾のおかげだ。親は私を守ろうとしてくれた。けれどもそれよりも慎吾とのみだらな体験のほうが、私の心を救ってくれたのだ。親の教えを忠実に守り品行方正な暮らしを頑固に続けて、男のアパートに泊まるなんてとんでもないと思い続けていたら、私はあの記憶の復活に絶対に勝てなかったのではないだろうか。

流しっぱなしの湯に打たれながら、私は慎吾を身体の奥深くまで受け入れる。彼が激しく腰を動かし、私ものけぞりながらそれに呼応する。体の奥に生じた喜びが全身にいきわたり満たされて、私は再び笑った。

あの少年はそこまでできなかった。

慎吾との関係があるからこそできる、大人の私だから受け入れられる。

犯人が妙な感覚を残せなかった秘密の場所に、慎吾が新たな感覚を刻み込んでいく。こうして慎吾と肌を重ね、少年がなしえなかったことをし、少年が触れることができなかった部分で深くつながることで、無抵抗な被害者でしかなかった自分をのりこえていくのだ。


結局私は翌日も慎吾に何もうちあけないまま、時間が来るとアパートに戻ってアルバイトに出かける準備をした。そのままのりこえられる、忘れられると思っていたのだ。

けれども、その後も慎吾との刺激的な性行為が、私のあの感覚を薄れさせていくという徴候は、全くなかった。

慎吾といる間は忘れている。顔を見ている間は得意さと優越さでいっぱいになっていて、気持ちが安定しているのが自分でもわかる。

けれども平日の、アルバイトの後、ひとりで部屋に戻り誰もいない空間ですごしていると、私は待ってましたとばかりにひどい自己嫌悪に突き落とされる。私が何を忘れようとしても、私が少年に身をゆだねて抵抗しなかったことが幼いマナミの殺害につながったという、事実が迫ってくるのだ。

一週間その罪深さにおびえ、週末のデートで癒されて、ひとりになると再びあの映像に向き合っては、幼い自分の肉体に刷り込まれていた感触を思い起こした。まるでエッシャーの絵の中にある不思議な階段を上り続けているように、毎週同じことをくりかえしていた。

私は、知香さんを思い出した。彼女にすべてをうちあけるのは、慎吾にうちあけること以上に神経を使うかもしれない。でも知香さんは職業柄、何かしらの有効な解決方法をもっているはずだ。

マナミのことでは傷つけるかもしれない。けれども私というケースは、彼女にとって有益な素材になるかもしれないのだ。

それでチャラにしてもらおう、私の罪は。

そんなことを考えて、私は知香さんに会う決意をした。

十二

春休みの帰省の前に、私は知香さんが働いている被虐待児のためのシェルターである児童支援センターを訪ねた。自分が受けた被害について、第三者である大人の女の意見やアドバイスを受けた方がいいのではないかと思い始めたからだ。少なくとも親に会う前に。

私は、親に対して申し訳ない思いでいっぱいだった。

被害にあったのは幼い私のせいではないけれど、マナミの死をきっかけに子供の私を守るために仕事も住む場所も変えて生きてきた親に対して、彼らの努力が全く意味のないものだったかのような事件について、いったんはどこか別の場所に吐き出しておかないと、とても面と向かって平然と話をすることなど、できそうになかったのだ。

知香さんに教えてもらったとおりに下車駅の南口に広がるロータリーからバスに乗って、『坂下児童センター前』というバス停で下りる。支援センターはその児童センターの中にある。

支援センターを訪ねたからといって、そこで専門のカウンセラーに会う必要はない。修業中でありベテランの専門家ではないけれど、ある程度知識を持ちながら被害者側でもある貴重な立場の知香さんに会って、ただ、自分の経験を聞いてもらいたかった。

児童センターの受付窓口で知香さんを呼び出してもらう。事前に会う約束を取りつけていたので、ほとんど待たされることなく彼女は顔を出した。

「外に出ましょうか?」

知香さんは私を見てそう提案した。外といっても、バスを下りてからここまで歩いてきて、店など一軒も見当たらなかったことを思い出した私が怪訝な顔をすると、知香さんは笑いながら、

「隣の公民館のロビーに喫茶室があるから」

と付け加える。

平日の昼間の公民館のロビーには、私たち以外に利用客はいない。私たちは日当たりのいい窓際のテーブルを選ぶと、向かい合って座りコーヒーを注文した。

「お忙しい中すみません」

「いいえ。こうして時々顔を見せてくれると私もうれしいから」

私は「はい」とうなずいて、深呼吸をひとつした。

さて、何からどのように話すべきか。黙っていた方がいいのではないか。そんな迷いが、知香さんを前にして突然胸のうちに芽生える。

恥ずかしい自らの体験を告白するということ以上に、被害者のひとりが目の前に現れたことを、彼女が冷静に受け止めるだろうかという戸惑い。

しかたがないではないか。私はずっと記憶を失っていたのだから。

グラスの中の水をひとくち含み、私はようやく決意を固めた。

「前に知香さんがおっしゃってた、犯人の少年のことなんですけど」

「ええ」

知香さんは静かにうなずいた。

「私、ついこの間思い出したんです」

「思い出した?」

「私、あの少年に」

知香さんは黙って私の口元を見守っている。

「幼稚園のときに猥褻行為をされたんです」

一気に告白した私を、知香さんはやはり何もいわずに見つめていた。だがその目には、明らかに驚きと、ある種怒りのようなものが宿っている。

「ほんとうにずっと忘れていて。幼稚園のときでした。マナミと会う約束をしてひとりで遊んでいたところに声をかけられたんです」

「声をかけてきたのね」

「はい。かくれんぼしようって。それで物陰に連れて行かれたんです。私は何ひとつ疑いもせずにその中学生についていきました」

「そうだったの・・・」

知香さんは、それだけいうのが精いっぱいだったようだ。あるいは言葉を選んでいるのかもしれない。

「前に知香さんいいましたよね。犯人はマナミが抵抗したから殺したって。そして、他の被害者も抵抗したはずだって。でも、私は抵抗してなかったんです。じっとして、少年にされるがままになってたんです」

さすがに『決して不愉快ではなかったので』とまではいえなかった。いや、いいたくなかったのだ。同じ年齢で被害にあったのに、マナミには抵抗する理性や倫理観が備わっていて、自分には備わっていなかったという点に、知らず知らず苦い嫉妬と悔しさを感じているのだろう。

「私が抵抗しなかったから、犯人は味をしめて、マナミが犠牲になったんだと思います」

私は知香さんから目をそらさずにいい切った。でも、口にしてしまうと意外にすっきりした。それに、思い切り自虐的な表現をすることで、先に知香さんの怒りを封じて彼女から同情を引き出せるかもしれない。案の定、

「さっちゃんのせいではないわ」

彼女は目を細めていたわるような声を私に向けた。

「被害者が抵抗したはずだというのは、私の思い込み。ダメね、まだまだ勉強不足で」

知香さんは自嘲するように鼻先で笑った。

「あるのよ、刑法の中に。十三歳未満の女子については同意の上でも性的虐待は成り立つ、という意味の文章が、ちゃんとあるの。小さい子は自分が何をされているかわからないから、抵抗しなかったというのはいい訳にならないということなのね」

「そうなんですか?」

私は、身を乗り出さんばかりにその話にひきつけられた。刑法が、れっきとした日本の法律が、幼い私のだらしなさを当然のこととして認めてくれているのだ。なんと心強いことだろう。そして、私たちはなんと勉強不足なんだろう。

「たとえ幼い子供が気持ちがいいと感じたとしても、あとでその行為の意味がわかったときに、やはり心の傷となって残ると思うの。さっちゃんは自分を責めているけど、それこそが心に傷を負っている証拠なのよ」

知香さんの話に感心しながらうなずいてみたものの、正直なところ私の心は、彼女の慈悲深い言葉によって、再び懊悩の泥沼の中へと踏み込んでしまった。

『幼い子供が気持ちがいいと感じたとしても』

自分が口にできなかったそれは、どうやら一般的な現象のようだった。つまり幼い私の肉体がすでに性的快感のようなものを備えていたことは、認めなければならない事実らしいのだ。

私は厳しく否定したかった。

あってはならない猥褻行為に、黙って身をゆだねていた自分と、少年の手のひらや指によって与えられた感覚を、心地よく受け入れていた自分を。

はっきりと断罪して、どこかに残っているはずの自尊心を守りたかったのだ。

だからといって知香さんが、被害者である私を傷つけまいとして、幼女だったあなたは決して悪くないのだと力づけ全てを肯定する、それ以外に何ができただろうか。

私自身、彼女ならば私を憎むことはないだろう、今の知香さんの立場なら決して私を責めたりはしないだろう、そう確信して彼女に会い告白する気になったのではないか。

不意に私は、知香さんを揺さぶってみたくなった。被害者家族の立場と、被害者を救う立場のはざまに身を置く彼女の本心はどこにあるのだろう、そんな興味を抱いたのだ。

少年から性的虐待を受けた子供たちが誰かにそれを報告していたら、知香さんの妹は殺されずにすんだという、彼女の中にある根の深い苛立ち。そこを揺さぶり、知香さんの本音を引き出し、私は自分を傷つけてほしかった。過去のおろかな自分を少しは否定してほしかったのだ。

「でも、知香さん、マナミは犯人の少年に抵抗しましたよね。私と同じ年齢でしょ？　やはり抵抗しなかった私はおかしいんじゃないですか？」

話に熱中しているあいだに、店員がいつのまにか置いていったコーヒーカップを持ち上げた知香さんは、私の問いかけにも穏やかな笑顔を崩さなかった。

「マナミは甘えん坊だったから、知らない人に体を触られることに警戒心を抱くタイプだったの。人見知りも激しかったし。被害にあう子供は、どちらかというとしっかりした子供の方が多いのよ。知らない人に道をきかれたら教えてあげられるような子。さっちゃんはおかしくないし間違ってなんかいない。もちろん他の性的被害にあいながら抵抗しなかった子供たちも」

知香さんがどんなに言葉をつくそうと、それは被害者である私の心を癒すために懸命になってひねり出されたものにすぎないと、私は思ってしまう。『ほかの子供は抵抗しなかった』という犯人の主張を疑い、真実を知りたがっていた知香さんなのだから。

でも、マナミという親しい身内の性格を説明するその表情には、どこにもわざとらしさは感じられない。

私はそれ以上食い下がることをあきらめた。何をどう語っても、私は彼女にとってはあくまでも哀れな被害者のひとりでしかないらしい。

きょうの知香さんは、あくまでもカウンセラーなのだ。私に被害者家族としての涙を見せることのない知香さんは、対岸で手を振り笑顔で応援をしてくれるひとりの大人なのである。

それでも、収穫はあった。私が他人に自身の鬱陶しい経験を語ることができたという前向きな力が手に入った気がする。

もちろんそれは、知香さんが理性と知性をフル稼働して静かに私の話に耳を傾けてくれたからであるけれど、たとえ軽蔑されたとしても、畏れるほどのものではないという自信も得た。

これなら慎吾にも話せる。話さなくてはならないだろう。彼の私への想いが本物であるかどうかを確かめる、よい試金石になるではないか。

私は、あえてそのように考えることにした。ともかく一歩を踏み出して、その行動の成果によって精神を回復させる方向に持っていくことにしたのだ。

ひとつだけ残された理不尽で不平等な事実には、この際目をつぶって。なぜならこれを事件の被害者家族である知香さんに問いただすのは、あまりにも酷な気がしたから。

同じ年齢の私とマナミ。

同じ少年によって同じ方法で同じ場所に連れ込まれたふたりなのに、私はこうして生き続け、マナミは命を奪われた。

その運命を分けた理由について、私は知香さんには話せなかった。彼女への遠慮以上に私自身が認めたくない事実なのだ。おそらく、慎吾が兄から虐待を受け続けたのと同じ理由で、私はもてあそばれる自分を本能的に受け入れ、こうしてこの世に生き永らえるチャンスを手に入れた。

私は目の前のコーヒーカップを手前に引き寄せて、さめかけた中身にクリームを注いだ。私の胸中にしこっている何かのように、白く濃厚なクリームはその黒い液体になじもうとせずに、分裂して小さな塊となって浮いていた。それを無理やりスプーンでかき混ぜてコーヒーの中に溶かし込む。私はそれをひとくち含むと、知香さんの顔を見た。

「お忙しいのに話を聞いてもらってありがとうございました。いろいろ勉強になってちょっと安心できました」

それは偽りのない私の気持ちではあった。

「私なんかで何かお役に立てたかしら。でも、よく話してくれたわね。話すことが立ち直る一歩になるから。サバイバーっていうのよ、悲惨な体験を語ることでそれに向き合ってのりこえていく被害者たちのことを。アメリカで生まれたいい方なんだけどね」

「サバイバー？　勇ましい言葉ですね」

「そうよ。勇ましいのよ、さっちゃんは」

「やっぱり話したほうがいいんですね」

「話す気になったときにはね。そのほうがずっと回復は早いみたい。でもなかなか身内には話せないでしょう？　ショックが大きいだろうし。だからこそ私たちのような人間が必要になるの。当事者とは距離があるからこそ、冷静に聞いてあげられる」

私はうなずいた。もしも父親にうちあけたら、おそらく彼はこれまでの努力は何だったのかと悲嘆にくれることはまちがいないだろうし、マナミの死に責任を感じて心を病んだ母親になんか口が裂けても話せない。

慎吾は私と親しくなる前に、他人である私に自身の被害体験をうちあけた。彼も重荷を下ろしたかったのだろうか。私とちがい、ずっと胸の奥底にその醜い記憶が濁って沈んでいるのを自覚したまま成長した彼も、誰かに語ることで救われようとしたのだろうか。深刻にならない間柄のうちに。

それでもあなたはすばらしい、と認めてくれる人間関係を求めて。

十三

大学二年の春が始まった。それにしても東京に戻るとほっとする。何しろ実家で両親とすごしている間中、私は居心地の悪さにずっとさいなまれていたのだから。

口にできない悩みほどつらいものはない。私はあの忌まわしい記憶を親には絶対に話すまいと思っている。子供の身に起きた不幸なできごとをすべて力強く受け止めて、大きな翼で包んで癒してくれる、そんな寛大な大人ではないのだから、私の両親は。

知香さんに話を聞いてもらって本当によかったと思う。受け入れてくれただけではない。カウンセラーの卵として勉強中の、専門的な知識をきちんともっている彼女から得られたものは、予想を大きく上回る。

それによってついた自信で私は慎吾にもうちあけるつもりだった。少なくとも新学期最初のデートではそうするつもりだったのだ。

でも、そのきっかけがつかめなかった。

今さら話したところで私たちの関係にどんなメリットがあるのだろうという迷いもあったし、第一、そんなことに時間を費やすよりも慎吾には健康な青年としてやりたいことがいっぱいあって、私もそっちのほうが自分を癒すのに効果があると思っているので、どうしても話は後回しになる。

慎吾に抱かれることは、私の魂を救う唯一の手段だった。私はあんなふうに少年に身を任せた自分の肉体を嫌悪していたので、その同じ肉体を愛してくれる恋人が目の前にいるだけで満足だった。このままで生きていてもいいのだという温もりが、心の壁ににじむ。自分を否定することは彼の気持ちを否定すること。だから生きていていいのだ、愛されていていいのだ、そんな気持ちになれるのは、今のところ慎吾の硬くてしなやかな腕の中にいるときだけだった。

薬学部の五年生は、これまで以上に実務実習に追われる。休日も忙しくなる慎吾はやむなくバイトをやめることになった。

これまでのように毎週アパートに泊まることはできなくなりそうだった。逆にその不安が私の背中を押した。疎遠になる前にこれまでの感謝も込めて、何もかも話しておこうと決心したのだ。

身体が離れても心が離れないように、私という人間がどれほど彼を必要としどれほどかけがえのない存在だと思っているか、その理由に重大な告白を貼りつけて、慎吾に背負わせてしまおうと思った。

すっかり使い慣れたシングルベッドの上で、ふたりして腹ばいになり睡魔の兆しを待っているときに、私は前を向いたままぽつりといった。

「聞いてくれる?」

「なに?」

いつになくいたわるような響きが、慎吾の問いにこめられていることに安心して、私はぽつぽつと話し始めた。

「五歳ごろの記憶が急に戻ることってあるんだね」

「あるだろうな」

「私、幼稚園のころに同じ団地に住んでた中学生に、性的被害を受けてるの」

「性的被害?」

「下着の中に手を入れられて触られたの」

「そうか」

静かな中にも悲しみのこもった声が、私の耳に心地よい。

「しかもそのときの私って全然抵抗してないの。少なくとも逃げようとはしなかった。それで記憶を失って、ついこの間まですっかり忘れていたのよ」

慎吾の口から、小さな笑いが漏れた。

「お前も犠牲者なんだ」

「そうだったみたい」

慎吾が私の話に動揺を見せなかったのは単に意地を張っていたからではなくて、自らも身内によって性的被害を受けていた経験があるせいなのだ。

そう思いつくと私はますます勇気を得た。この際だから、知香さんにもいえなかったことをすべて話して、終わりの見えない自己嫌悪をのりこえようと思った。

「抵抗しなかったのは、いやではなかったから。信じられないかもしれないけど、子供の私が感じてたのよ、一人前に」

「そうなんだ」

「子供相手のカウンセリングを勉強している人に聞いたの。そういうケースも珍しいことではないみたい。私、その人に告白もした。小さいころから知ってる人だったし。そしたら、たとえ気持ちがいいと思ったとしても自分を責める必要はないって、一所懸命に話してくれた。刑法の話までしてくれたのよ」

慎吾は黙っていた。気がすむまで話せばいい、とでもいうように。

「十三歳にならない子供の場合は、たとえ同意があっても犯罪が成立するって。でも、何を聞いても自分がいやになっていくの。なんだか割り切れないものがあって」

「それはそうだろうな。カウンセラーは当事者じゃねえもん」

「あなたは？　自己嫌悪、あった？」

「当然だろ」

あざけるような言葉が、彼の口から何の抵抗もなく吐き出された。

「俺なんか記憶をなくしてないからね。ずっと自己嫌悪」

「そうだったわね」

今度は私が黙り込んだ。

私よりも慎吾のほうが、よほどつらい目にあっている。加害者が身内であり逃げられなかったこと、虐待が一度や二度ではないこと、多感な思春期もずっとその記憶を引きずったまま彼は生きてきたことに、私は思い至ったのだ。

「兄貴の亡霊から逃れたいというのと、自暴自棄になってたというのがあって」

私から目をそらし、前方に伸ばした自身のしなやかな腕を見つめながら、慎吾はかすれた声で静かに話し始める。

「中学一年で年上の女と初体験。高校生になるまで、ずっとそんなことばかりやってた」

「高校生でやめたの？」

「年上はね。同級生とやり始めたから」

私は胸にささやかな痛みを感じた。小さな嫉妬心なのだろう。慎吾の過去の女に対する単純な嫉妬ではなく、彼の魂を救った女性がそんな頃から存在したということへの妬ましさだった。

私は影を背負って心のさすらいを続けていた、孤独な少年時代の慎吾を想像してみる。

「それで、お兄さんの亡霊は消えたの？」

私自身、その点にもっとも関心があった。

「いや」

「消えなかった？」

「消えない」

その短いひとことは、私に小さな絶望を与えた。つまり、私の傷も永遠に解けることのない凍土のようなものなのだろうか。


私は慎吾の横顔を見ていることすらつらくなって、起き上がって掛け布団を引き寄せると、ひざをそれごと抱え込んだ。

枕元に置かれた目覚まし時計の、せわしなく小さな秒針の音以外には、物音ひとつない部屋の中で、私は慎吾が何かいい出すのを待っていた。

でも、それはかなわないことだった。幼いころの虐待の思い出をひとりで抱えたまま大人になった慎吾に、長い沈黙を守ることなど息をするよりも簡単なことなのだろうから。

私は姿勢を変えないままで、心にもないことを口にする。

「ごめんね。話さないほうがよかった？」

慎吾は「いや」と返事して、軽い調子で訊いた。

「他にいっておきたいことはない？」

慎吾の問いに、私は「ある」とこたえた。

「幼い私がその変態中学生に触られて、不愉快じゃなかったっていうの、あなたは受け入れられる？」

「だって、事実なんだろ？」

「そう。はっきりいって、抵抗する気がなかったんだから」

「抵抗してたら危なかったかもしれない」

「うん」

慎吾のいうとおりだ。

私が知香さんにどうしてもいえなかったのは、私は少年の行為を受け入れたから無事で、抵抗したマナミは無残にも殺されたことだ。

結果論ではあるけれど、私の本能は、殺されないためにあの屈辱を受け入れた。そしてあまりにもおぞましい体験だったために、記憶を閉じ込めていたのだ。

「俺も抵抗しなかった。もっとひどい目にあう予感から身を守ったんだろうな、本能的に」

「うん。だって、抵抗して殺された子がいるのよ。私の友達だった」

「殺された？」

「うん。私に虐待をしたのと同じ少年にね」

私の友達が殺された、といういい方がよほどショッキングだったのか、慎吾からの返事がなかった。

「黙ってされるがままだった情けない私が生き残って、自分の誇りを守ろうとした友達は絞め殺された。それをどう解釈すればいいのか、私にはわからないの」

慎吾は、まだ黙っていた。

「私がこの話をうちあけた人は、実は殺された友達のお姉さんなの」

私は淡々と告白を続ける。

「虐待被害児のカウンセラーをめざしてる人なの。ただのカウンセラーなら私も全部話せるんだけど、何しろ彼女自身が被害者家族でしょ。抵抗せずに助かった私と抵抗して殺された妹さんの、どっちが正しいのかまでは聞けなかった。聞けないよね、そんなこと」

やや時間を置いて、やっと慎吾が声を発した。

「正しいとかどうとか関係なくて、結果的にこうなったってことだろうな」

「そういうと思った」

いかにも慎吾らしい合理的な言葉に、私は前を向いたまま笑った。

何が悪かったから巻き込まれたのでもなく、もしもあの時こうだったらという別の道があったわけでもない。生まれたときから定められたものがあって、誰もがそれに従って歩んできて過去があり今がある。

それだけのことなのだ。私も慎吾も、そしてマナミも。

誰にも相談できずにずっと重荷を背負ってきた慎吾が、冷めた目で自身を振り返り今に到達するには、そんな合理的で現実的な思考法を選ぶしかなかったのだろう。要するに、あきらめと悟りが、彼を救ったのだ。

「生きていればいろいろあるよ」

背中を向けたままの慎吾は、まるで述懐するような穏やかさでいった。そして起き上がり、私と肩を並べて前を向くと、「その犯人て、どうなった？」と尋ねた。

「少年院に入ったことしかわからないわ」

「そのカウンセラーの卵は知らないのかな？」

「少年の家族は離散したから、どこへ行ったのかもわからないみたい」

「離散ね・・・」

慎吾は天井を仰いだ。

「私もはっきりとは顔を覚えていないし、十五年も前のことだから、今どこかで会ってもきっとわからないでしょうね」

「名前はわかる？」

「ううん」

私は首をふった。

「わかったところで、どうしようもねえか」

「そうね、今さら」

突然、私の胸に、十五年前のあの時には感じなかった圧倒的な恐怖と屈辱感が、大きな波のように押し寄せた。

今さらという言葉が引き金のようになってあふれ出たそれは、取り返しのつかない過ちと潜在的な悲しみ、女の肉体を持って生まれた自分への憎悪などを巻き込んで醜く膨らんで、私の前に姿を現した。

少年のひざの上で感じるべきだった恐怖心は、私がコントロールできない本能だけが認識していたのだろうか。そしてそれもまた私の精神によって、あの記憶と共に、さらにもっと厳重に封じ込められていたのだろう。

私が大人になって事実を受け止める力を備え、同じような苦痛を同じ目線で理解し受け入れることができる人間が確実に傍らにいて支えてくれる、まさに今日という日を、それら醜い懊悩の塊はずっと身をひそめて待っていたかのようだった。

もう泣いてもいいんだ。何もかもさらけ出していいんだ。

私は自分の腕に触れていた慎吾の温かい腕に取りすがり、それに顔をうずめて泣き始めた。彼はその腕を抜くと、私の肩に回してしっかりと抱き寄せる。

やせてはいるけれど、決して華奢ではない慎吾の胸が涙で濡れるのを気にしながらも、私は肩を震わせて何かに取りつかれたように泣き続けた。

十四

ファミレスをやめた慎吾とは、月に二度ほど会い続けた。これまでと変わりなく、私が土曜日のバイトを終えた後、ファーストフード店で落ち合い、彼のアパートで朝まですごす、そのくりかえしだった。

慎吾との性行為が私の肉体からあの忌まわしい感覚を払拭させるのではないか、という期待がかなわないものだとわかって多少失望はしたが、彼への信頼感と一体感はこれまで以上に鮮やかに輝いて、私はとても充実していた。

私の脳裏には、今でも頼みもしないのにあの忌々しい映像がよみがえる。

いやなら別のことを考えるなりしてふたをしてしまえばいいのに、自分にはゆがんだ好奇心でもあるのか、それとも自身の強靭な精神力を試したいのか、私はその映像に立ち向かってしまうのである。

もはやそれは私を悩ませる力を持っていなかった。あきらめと悟りは私にも有効だったらしい。知香さんに会ったことも決して無駄ではない。あの時得られた勇気と自信によって、私は慎吾に告白する力を見つけたのである。やはり、彼女には感謝している。

私はこれからも生きていかなければならない。おぞましい記憶を引きずりながらも、この一般社会で、私の苦痛を理解することなど永遠にありえない大学の友人やバイト先の人々と、慎吾に会えない時間を共有していかなければならないのだ。

ファミレスの横にある狭い事務所に入ると、初めて慎吾と言葉を交わしたあの夜のことを思い出す。

鏡の前でネクタイを直していたときの、まっすぐな姿勢同様、彼は泥にまみれながら気高さを失っていない。

誇りとは自尊心とは、おそらくそのようなものなのだろう。屈辱や運命の裏切りなどによって傷ついたり破壊されたりしない、絶対的なもの。

本物の誇りとは、無理に輝かせるものでもなければ、濁りを取り払って輝くものでもない。どんな状況にあっても決してその光を失わない確固としたものなのだ。汚泥の中に投げ込まれても、自分を見失うことなくあごを上げて生き続ける、また生き続けることができる自分自身こそが、誇りであり自尊心なのだ。

そして私の中にも誇りは生きている。何を思い出し何を刻み付けられてもこわれない、堂々と生を全うしようという、誰にも侵されない誇りがある。それを信じさせてくれたのは、やはり慎吾だったのだ。

ただ、あの告白の夜以来、私と慎吾の間で中学生の少年によるできごとが話題に上ることはなかった。

彼に何もかもうちあけ、彼がそれをすべて受け入れ、以前と変わらない関係が続いている限り、さらに私にとってはそれが何よりの慰めである限り、あえて過去の暗い事件をデートのさなかに話題にしたいとも思わなかった。

何かが物足りないという迷いのようなものはある。黙っていることは問題から目をそむけていることにならないのか、という強い人間であろうとするもうひとりの私が問いかけるのだ。

このまま黙って記憶の再現の前に何もせず、ただ慎吾との性行為に慰めを求めているなんて、誇り高い人間のすることではないだろうと、まじめな顔をして決めつけるのだ。カウンセラーの卵である知香さんにいわれたことが、私自身の認識として育ち始めているのだろうか。話すことが立ち直る一歩になるのだと。悲惨な体験を語ることでそれに向き合ってのりこえていく被害者たちのことをサバイバーというのだと。

でも、そうだとすると、長い間誰にも話せない屈辱的な思いを抱えて耐えてきた慎吾は、誇り高いサバイバーではないのだろうか。

女々しく誰かに話を聞いてもらうという手段ではなく、兄の行為を許し続け不本意ながらそれを受け入れ自分を守ろうとした、貞操や自尊心よりも生き永らえることを優先してきた、そういう日々に静かに向き合い自分を軽蔑もして、慎吾はこれまで『サバイブ』してきたてではないか。

兄の報復を恐れて黙ってきた慎吾と、不愉快ではなかったから辱めを受け入れ、それを誰にも語らずにいたことで友達の殺害という大きな事件を生んでしまった私。

重苦しい過去をを心の底に沈殿させて、いつまでも濁りの消えない気分のまま生きていく、そんな状態を分かちあえるのは慎吾しかいない。

語りつくさなくても、背負っているものがあるという事実だけで私は満足できるのだ。満足したつもりになっているのかもしれないけれど。

告白の前後で全く変わらない慎吾の態度、であったはずだ。ただ、彼はさらに無口になった。しゃべらずに何かを考えていることが多くなったというのだろうか。

何かをするたびに気がつくと天井を見つめ、まるでそこに見つめなければならない重要なものが映っているかのように、じっと見つめている。私に向ける笑顔の中に、どことなく取り繕ったような、むなしい明るさが漂っている。

「どうかしたの？」

何も見えないはずの暗闇の中で、じっと目を開けて視線を止めている慎吾に尋ねると、

「どうって？」

と、やはり無理やりな感じの笑いを浮かべて私を見る。

「ぼんやりして、何を見てるのかなって」

もしかしたら、女の私が性的被害者だったということを、ことのほか深刻に考えているのだろうか、という不安が胸をよぎる。

「いや、環境が変わったから慣れなくて疲れてるのかな」

慎吾にしては妙に丁寧な説明だなと思ったけれど、実際に最近の彼は、病院や薬局といった新しい環境の中で、接客を含めた実務経験をつまなければならず、心身ともに疲れているにはちがいなかった。

「そうだね。ファミレスのバイトなんて、単純作業だものね。それとは比べものにならないよね」

ものわかりのいい私の言葉に、慎吾は慎吾で気を使ったように、

「そんなことねえよ」

と、やさしく笑ってみせた。

信じたわけではない。しつこく質問をして、私と同じ、あるいはそれ以上の深い傷を持つ彼を、これ以上傷つけたくなかったのだ。

言葉で私を満たせないことへの謝罪のように、慎吾は再び私を抱き寄せる。もうすぐ起きなければならない時間がせまっているのに、私たちはもう一度、ふたりだけの旅に出る。

どこへ向かうのか、何をめざし何を得ようとしているのかわからずに、触れ合うことでしか相手とのかかわり方を知らない惨めな生き物のように、私たちはからみあい、深くつ

ながり、やがてはるかに高い場所へとのぼっていく。

慎吾にとってそれが精いっぱいの愛情表現であり、短い時間の中の限られた行為であることも、私は納得している。

それでも、心のどこかでくすぶるものがあった。そんな私のまぶたに、もうひとりの、人にいえない秘密を背負っている幼なじみの面影が浮かぶ。

愛しい慎吾の腕の中で、私は見た目は完璧な男である、透のことを思い出していた。

十五

お盆休みに入ると、里帰りの人がふえるのか、市内にたったひとつのショッピングセンターの駐車場がいっぱいになり、祖父母の家に遊びに来たらしい小さな子供の声が、大きな屋敷の庭先から聞こえてくる。

夏休みに入って私はずっと図書館通いをしていたが、その図書館も盆の間は休みになる。借りてきた本を何度も読み返しながら無聊を囲っていた昼下がり、珍しく帰省していた透から連絡があった。

電話を受けた母親の声が妙にうれしげだったのですぐにわかる。やはり、私には東京に抜き差しならない恋人がいることを母親にうちあけておいたほうがいいのだろうか。

いつか知香さんと入った駅前の、一見何の店だかわからないような喫茶店で、私は透と待ち合わせた。彼に会うのは一年振りである。あの告白を受けて以来、会っていないのだ。

「久しぶりね。バイトばっかりしてるんだって？」

私の問いに透は「そう」と笑った。

「パソコン買ったの？」

「誰に聞いたの？」

「透のお母さん。そのためにバイトをしてるんだって聞いたから」

透は、あまり愉快そうではない笑みを浮かべて、うなずく。

「買ったよ。僕には必需品だからね」

「何に使うの？」

「ネット」

「ゲーム？」

「まさか。いろんな仲間とつながるためだよ。僕みたいなマイノリティ同士のね」

「マイノリティって、ああ」

男の肉体に女の心を宿している彼自身のような人間のことをいっているのだと気が付いて、私は大きくうなずいた。

「仲間、できた？」

「うん。もっとあらされるかと思ったけど、意外と平和でね。誹謗中傷はすぐに削除します、なんて書いてる自分のほうが過激に思えるくらい」

「そう、よかったね。結構いるんだね。そういうつながりを必要としている人」

私の脳裏を一瞬、ほんの一瞬、肩に孤独と罪を負った慎吾の表情がよぎった。

「それこそ個々でいろんな悩み方があって、どういうサイトに行けばいいのか、迷うというよりも楽しくてね。パソコン買ってよかったよ。親の目の前では開けないからアパートで使うしかないんだし」

「わかるわかる、私も図書館で読んでくるもの。親に見せられないような本とかは」

私はそういって笑った。もちろん冗談のつもりだった。

「もしかして性同一性障害の事を調べてくれたとか？」

「ああ、それも持ち帰りにくいわね」

「ちがうのかあ」

がっかりしたような言葉と裏腹に、彼は心底から解放されたような声と笑顔でそうこたえた。自分が抱える根の暗い問題に、いくら私が幼なじみとはいえ、真剣に巻き込むのはちょっと抵抗がある、そういうことなのだろう。

以前よりは多少動作に機敏さが備わった品のいいご夫人が、ふたりが注文したケーキと紅茶のセットを運んできた。あいかわらず確かめもせずに、透の前にチョコケーキ、私の前にショートケーキを置いていく。彼女が立ち去るやいなや、透はそのふたつのケーキを交換した。私も嫌味っぽくささやいてみせる。

「男だからチョコケーキって決めつけるの、偏見よね」

透は唇の端をゆがませていった。

「僕は男でもないし」

返す言葉がなかった。彼のそんな皮肉っぽい笑みを見るのは初めてのことではないだろうか。私は不意に胸に痛みを感じた。

「不便じゃない？」

私は自分のカップにクリームを注ぎながら、透を上目遣いに見た。

「社会的に男を通すってこと？　別に。この方が慣れてるから」

「ネットの仲間ってどんな人たちなの？　ニューハーフとか？」

「同性愛者。僕は、性転換を必要とする性同一性障害じゃないから。カミングアウトする勇気もないし」

「勇気だけの問題じゃないでしょ。結局黙っていたほうが生き易いのなら、それでいいんじゃない？」

「そうだよね」

「そうよ。大都会のどまん中でひとり暮らししてるならともかく、私たちには両親とのつながりとか、いろんなしがらみがあるんだから」

透は満面の微笑を顔中に広げてうなずいたが、本当に救われたのは私のほうだ。透も同じなのだ。何でもかんでもカミングアウトして、こういう人間も世の中にいることを人々に理解してもらおうとがんばることだけが、マイノリティたちの道ではない。

私は黙っていられなくなった。秘密をうちあけて同情を誘いたいというのではない。苦悩を胸に秘めたまま幸せに生きようとしている人間が、目の前にもいることを、透に知ってもらいたい、そんな気持ちだった。

「私も透に話しておいた方がいい秘密があるんだ」

「秘密？」

「うん」

私は声をひそめるために透に顔を近づけた。こんな日に限って隣の席にまで人が座っているのである、この田舎の喫茶店は。

「私が小さいときに住んでいた団地でね」

透は「うん」とうなずいてテーブルに身を乗り出し顔を近づけた。絶対に周囲からは誤解される体勢だ。

「友達だった女の子が中学生に殺されたの。いやらしいことをしようとしたら抵抗されたっていう理由で。それまでにも、その中学生は小さな女の子に変なことをしてたの。私も、その中のひとりだったんだけど」

透は驚きの声を発する代わりに、丸い目をなおいっそう丸くして私を見つめた。

「つい最近、そのことを思い出したの。私は抵抗をせずに少年に触らせてた。でもきっとよほど傷ついたんだろうな。ずっと記憶から抹殺してたぐらいだから」

「そうだったんだ」

力のない、悲しみに満ちた声が、形のいい透の口から漏れる。

「殺された友達のお姉さんが、性的虐待を受けた子供のケアにかかわっていてね、私も彼女にうちあけたの。ひとりで悩んでいないで話してみることが一番の回復法だって、彼女はいうんだけどね」

「確かにそんなことをいう人、多いよね」

私は返事をせずに、透を見返した。彼のせりふに批判的な響きが感じられたからだ。もしかしたら彼も慎吾と同じく、誰かに受け止めてもらうことで重荷を下ろすという考え方に否定的なのかもしれない。自身の障害をカミングアウトする気はないといっていた透だから。

「透はいわない立場だよね」

「僕はともかく、君の秘密は肯定的な内容ではないでしょ?」

私は返事につまった。閉じかけた傷口を、いきなりえぐられたような思いだ。

確かにそうなのだけれど。幼児期に性的虐待を受けて何が悪い、と開き直る気持ちは断じてないけれど、なんとなくすっきりと納得できないものが、私の胸の中で渦巻いている。

とりあえず、「そうだけど」と受け流すと、半ば自嘲気味に続けた。

「それに話したところで、だからそれがどうした、っていう雰囲気になるよね。いわなきゃいわないですむ話だよね。終わったことだし別にケガをしたわけでもないんだし」

「だからどうしたとまではいわないけど」

透が弱々しく笑うので、私は慎吾のことを説明する。

「前に話したでしょ？　彼氏ができたって。その人も小さいときに性的虐待されてるの。腹ちがいのお兄さんから」

「え、男同士で？」

あなたが驚くことはないじゃない、といい返そうとして、全く問題が別のものだととっさに気づき抑えた。大体変なツッコミを入れてふざけている場合ではないのだ。

「そう。私は記憶を失っていたけど、その人は何度もくりかえし被害を受けてるから、ずっとそれを引きずったままなのよ。誰にも相談せずに」

「いえないだろうなあ」

「私もそう思う。私もいえなかったと思う。それよりは忘れたいと思うよね」

「うん。それで暮らしに支障がないのなら、あえて人に話す必要なんてないよ」

「ところがね」

私はいったん言葉を切ってカップに手を伸ばすと、紅茶をひとくちだけ飲んだ。

「私のように黙っていた子がいたから、誰もそのことに気がつかないで警戒もしなかった。それで友達が犠牲になったのよね。小さい女の子は抵抗しないてわかって、犯人の少年は調子にのったんだと思う。だから黙っていることは罪ではないかって」

「それは別の問題だよね」

透も緊張をほぐすように、カップの取っ手を持ち上げて器に口をつける。私の目の前にある、背の高い彼ののど仏が、上下するのが見えた。

「さっちゃんが少年にやられたことを大人に知らせるのは、報告であって告白じゃない。次の犯罪を抑制するためには必要だったのだろうけど、君は記憶を失っていたのだから責められるものではないよ。幼い君はそうやって精神の崩壊を免れたんだろ？　友達が犠牲になったって いうけど、さっちゃんだって立派な犠牲者じゃないか」

私は口をぼかんとあけたまま、透き通るような彼の顔をまじまじと見つめた。冷静な物いいだったけれど、透は明らかに私のために怒っていた。同情という言葉では不十分なほど深く、私の気持ちに入り込んでいた。

あまりにも彼の言葉による慰めの効果が大きくて、私はうろたえた。あの、私がいないと外で遊べなかった、やさしげでひ弱そうな表情の持ち主だった透は、いまや静かだが力強い完璧な闘士であった。私を性的な目で見ることが絶対にない、安全で頼りがいのある男・・いや友達なのだ。

小学生のころからずっと私のそばにいて学校の行き帰りを守ってくれた透は、その傍らを離れ私に恋人ができた今も、かつての私を知るものとして親身になって全身で慰めてくれる存在なのだ。

ふいに慎吾が遠のきそうになって、私は胸の中に芽生えていた居心地のいいぬくもりを必死にかき消す。透は、絶対に私の恋人にはなれないのだから。

「じゃあ、これからも黙っていてもいいんだね」

私は結論を出すようにいってみた。

「それは、つきあっていく人との関係の中で決めることじゃないかな?」

「関係?」

「話したほうがいいのか話さないほうがいいのか。僕でいえば、君の耳には入れておいたほうが都合がいいけれど、親にはいわないでおこうという」

「それもそうだね」

はたして私は、慎吾にうちあける必要があったのだろうか。明らかにあれ以来、彼は深い話を避けるようになっている。ただでさえ会話の少ないふたりの時間が、ますます静かになってしまったような気がするのだ。

「相手との関係性、か」

私は内面の迷いを押し隠すように、またしても必要以上に下品に、縦割りにしたチョコケーキをほおばってみせた。

「僕たちだってそうだよ」

透が慰めるような声でいう。

「同じような悩みを持つ仲間同士のつながりといっても、それだけを話題にしているわけではないし。同じ悩みを持っているという理由で安心できるから、つるんでいるんで」

「そんなものなのかしら」

「そうだよ。さっちゃんもそれで満足すればいいじゃない。同じような被害経験者が恋人だなんて最高だよ」

そのとおりだ。でも私は、その幸福と感謝を今この場で表情に出すのは不謹慎だと感じて、取り澄ました顔を保っていた。

私の目の前にいるのは、社会的にノーマルな恋とは全く無縁の青年なのである。あまりうれしそうに自らの境遇をかみ締めることに、私は抵抗を感じたのだ。

「ありがとう。透に告白してよかった。あなたって冷静だからね」

私が素直に感謝の言葉を述べると、彼は、

「だって、自分の問題じゃないもの」

と、いたずらっぽい目をして笑った。こういうところが透のいいところなのだ。

十六

「卒業したら実家に戻って、働きながら国家資格をとるつもりだった」

行為を終えたベッドの上で、慎吾は何の前触れもなくつぶやく。私も、

「そうだったの」

と、わずかにため息が混じったような短い返事を口にする。

そのとき自分はどうなるのだろうか。ここに残りながら遠距離恋愛を続けるのか、そんな交際が、この肉体関係が中心みたいな自分たちに可能なのだろうか。

あれこれ思い浮かんだのだけれど、戸惑いをちらつかせてみたところで、心を動かされる慎吾ではないのだから。

私がそれ以上何もコメントをせずに黙ったまま、慎吾の腕にあごをのせてその顔を見つめると、彼は無表情なまま私をちらりと見てまた目をそらす。

「でも、もっと早く実家に戻るかもしれない」

「卒業する前に?」

「ああ」

考えるのも面倒くさいという表情で、慎吾は目を伏せた。

大学を卒業しないと受験資格がないようなことをいっていたけれど、どうするつもりなのだろうか。

自分たちの将来よりもそっちのほうが気になったけれど、国家試験に縁のない私が介入することでもないので黙っていた。今はまだ慎吾の人生なんだし。

「福島だよね」

「そう。何もないところだよ。しがらみとしきたりと因習しかない」

「あまり帰りたくなさそう」

「しかたねえよな。運命だから」

「薬局のひとり息子に生まれた運命？」

「ああ」

遠い場所を見つめ思いをはせるような声が、私の胸にしみる。

「私は何も決めていないなあ。それも運命なのかな」

「お前はこっちで就職するんだろ？」

「わからない」

大学に入ってから、ずっとそのつもりだった。ニュースやうわさでは、就職難だとか何とかいっているけれど、選ばなければ都会には仕事などいくらでもあるものだ。少なくとも私の田舎で女子大の出身者が仕事を見つけるよりは、ずっと可能性はある。

「親は戻ってきてほしいようなことをいってるけど」

「そうだろうな」

「私の田舎で大卒の女子が採用される仕事なんて、コネクションが必要な公務員とか教職ぐらいしかないもの。うちは親が地元民じゃないからコネなんてないし」

「大変だな」

全然大変そうではない口ぶりで、慎吾はこたえた。それなら俺のところに来るか？　などという天にも昇るようなせりふなど、まず期待できそうにない。

もとより私は薬剤師になどなれないし、因習しかないような田舎でストレスを感じずに生きていく自信もないのだから、現実問題として無理なものは無理なのである。

「でも、将来が決まっているっていうのも大変よね」

「さあな」

首をひねって自嘲気味に笑う慎吾を見て、私は考える。

何か力になれないだろうか。

慎吾に魂を救われた恋人として、何かできることはないのだろうか。

本当のところ、彼は私にどうしてほしいのだろう。

私は意を決して問いかけた。

「私が慎吾の実家に永久就職っていうのはどう？」

慎吾は、全く表情を変えることなく天井を見続けていた。笑いもしなければ困惑を浮かべるでもない、本気で話を聞いているのだろうかというような、手ごたえのない表情だった。

「やっぱり無理よね」

突き放すようにいいながら、慎吾から身体を離す。その動作が多少なりとも彼の心を動かしたらしい。やっと私のほうに顔を向けて、

「お前をうちの騒動に巻き込みたくねえからな」

といいささか大げさなことをいって、少しさびしそうに笑ったのである。

「何よ、騒動って」

と笑う私に、慎吾は手を伸ばしてきた。再び私たちは肌を重ね、交わりへと向かっていく。会話が続いている中で、ふいに彼が何か諦観めいた投げやりなせりふを口にして、少しさびしそうに笑うとき、それはいつも愛の行為を開始する合図になっていた。

慎吾の体温に包まれた私は、彼が放った『うちの騒動』という言葉の意味を、特別深く考えようとしなかった。肉体だけではなく心も強くつながった恋人がいる、ただその思いだけで満足していた。

十七

都会のビル風が硬質な冷たさをましてきた。街はクリスマスシーズン恒例のきらびやかなイルミネーションに彩られる。商店街の音楽も、時にはにぎやかな、時には厳かな、どこかで聞いたことがあるような洋楽に様変わりする。

慎吾とクリスマスを楽しむことなんて、ずっと忘れていた。いつもその前に冬休みが始まって私たちは離ればなれになってしまうからだ。

でも今年の冬は、慎吾も卒業を前にして正月を実家ですごすというので、私は少し遠回りをして、彼と共に常磐線を使って帰省することにした。私にとっては、またとないクリスマスプレゼントである。

東京の上野から茨城県の水戸まで電車に乗り、慎吾はそこからさらに北上する水郡線に乗り換え、私は南下する臨海鉄道を使う。私の実家まで通常よりも二時間以上かかるけれど、当然のことながら決して時間の浪費などではない。

通勤快速に揺られての長い旅路。相変わらず会話はほとんどない。それでも、彼と並んで座席に座り肩や太ももが触れあっているだけで、私は十分満足だった。

思えばいつも彼の部屋に泊まることでしか時間を共有できなかったふたりにとって、こんな健康的な明るさの中で寄り添いあうのは、新鮮である以上に誇らしい気持ちにもなる。

こうしていると、私の中でおぞましい記憶にしかつながらなかった爽快な青空や昼間の光が、新たに心地のいいものとして生まれ変わるのではないか、という気がしてくる。

あの団地の光景が不気味で恐ろしいのは、穏やかでまぶしい陽光のせいではない。人が住む建物がありながらいつも人影がなかったからだ。それが事件につながったのだ。

車窓の外をのどかに流れていく、春にそなえて生命活動の全てを休止して一切の瑞々しさをその内にたくわえている、野原や畑の枯れた色に目をやりながら、私はこの電車の旅が慎吾の家に私が遊びにいくものであればどんなにいいだろう、と考えていた。

都会育ちの私が、福島の山間部で薬局を営む家に嫁ぐことなど、今はとても考えられない。それは跡取り息子の慎吾との、遠からぬ別れを意味するものだ。

私はかけがえのない存在である彼に、なりふりかまわずついていけない打算的な自分が悲しかった。その程度の愛情しか抱いていないのかと、自分が不満でもあった。

でも、慎吾にだって責任はある。自分がいずれは田舎に帰らねばならない立場でありながら、私と深い関係に陥り交際を続けるからには、彼の側にこそ覚悟が必要だったはずだ。

それとも慎吾にとって、私は肉体的欲求を満足させるための道具にすぎなかったのだろうか？

多くの若い男どもがそうであるように。

やはり、彼に確かめておかなければならない。

結婚という形をとらないまま私たちが別れずにすむ方法、大切な恋人としての関係を永遠に保ち続けていく方法は、ないものだろうか、と。

私たちは昼食をかねて、駅ビル内のレストランに入った。乗り換え電車の連絡が悪かったのではない。水郡線も臨海鉄道も昼ごはんを食べる暇もないほど連絡がよすぎるのだ。ただし慎吾が乗る電車は、それを逃すと二時間後になる。

「親が死んでも食休み、っていうから」

珍しく軽口をたたく慎吾とともに、私は改札を通り抜けた。

私がふたりの将来についてまともに話をすることができたのは、食事がすんでコーヒーを追加注文してからだ。食事中に私に向ける慎吾の笑顔が、いつになく穏やかであまりにも安らいだものだったので、ついいいそびれてしまったのである。

「私、あなたが福島に帰ったらどうしたらいいのかしら」

「どうって？」

「今までのように会える？」

「その気があれば不可能じゃねえよ」

「でも、将来は？」

「将来のことなんて、考えてもしょうがねえだろ」

「慎吾は何も考えていなかったの？」

「将来かあ」

彼は消えてしまいそうに弱々しい笑顔で私を見つめると、そのまま視線をはずした。

私の中で小さな何かが切れそうになったが、こんなところで感情をあらわにするのは得策ではないと思い、かろうじて感情を押し殺す。

「どうにかなるだろ」

「何も考えてなかったの？　自分が実家に戻ったら、私がどうなるとか考えたことなかった？」

「おまえはどうするつもりだった？」

慎吾は自分のコーヒーカップに目を当てたまま問いかける。

「東京に就職するわよ。この前いったでしょう？　だから実家に帰っちゃう慎吾とは・・・どうなるのかなって」

「いいじゃん、東京にいれば」

「会える？　遠く離れたらそのままフェイドアウトってことない？」

「ないよ」

私をちらりと見やって、慎吾はやはり力なく笑う。

「生きてりゃ会えるだろ？　それほど遠いところじゃねえし」

「うん。それはそうだけど」

心から納得したわけでもないし、不安が消え去ったわけでもない。だが、少なくとも今この時点で、彼が私との別れを望んでいるわけではないことだけははっきりとした。

信じなければならない。具体的な指針を示してくれるわけではない慎吾の、具体的ではないからこその誠意を信じなければ。

私は心の中でそうくりかえした。

何事も軽々しく口にしないことが、彼の実直さの証拠なのだから。慎吾は、たくみな言葉で相手を気持ちよくさせる、そんな軽薄な青年ではないのだ。幼い頃、中学生の甘い言葉にだまされて物陰に連れ込まれたお人よしの私には、ある意味もっともふさわしい男なのかもしれない。

つかの間沈黙が続いた。私は触れようと思えばいつでも触れることができる、テーブルの上に置かれた慎吾の細い指を見つめた。

私の身体の隅々まで全てを知っているあつかましい指。神経の細やかさを要求される薬剤調合を行う繊細な指。

その指の上に、自分の手を重ねようとしたときだ。慎吾が不意に口を開いたのは。

「おまえとつきあい始めたときは、俺、あまり実家のことを考えていなかったんだ。正直な話ね」

「そうなの？　だって跡継ぎでしょう？　実家の薬局を継ぐために薬学部に通ってたんじゃないの？」

自分でもわかるほど声に苛立ちがこもっていたが、慎吾は全く気にしていない様子で「あぁ」とうなずく。

「東京でそのまま就職してもいいと思ってた。薬局に限らず。正直あまり田舎には帰りたくなかったから」

帰りたくなかったという部分については納得がいったので、私は黙ってうなずく。

「でも今、ちょっとした問題があって、お袋が心労状態でね」

「だから、戻ってあげたいと、そういうこと？」

「まあ、そういうこと」

私よりもお母さんのほうが大切なのね、なんてこともいってみたかったけれど、この場には適さないせりふだと判断してすぐに打ち消した。それでも不機嫌さを表明するために、私はため息をつき椅子の背もたれに身を預け、無言のまま彼をじっと見つめ返した。

「何もかも解決したら」

口を開いた慎吾の視線の先は、私のコーヒーカップである。

「お前との将来についてきちんと考える」

「実家のことが解決したら、ってこと？」

「そう」

　実家で発生しているらしい問題が片付いたら、田舎の店をたたんで東京に出てくる、という意味なのだろうかと、私は勝手に都合のいい想像をめぐらせた。慎吾が詳しいことを何も話してくれないのだから、勝手に想像するしかないのだけれど。

「解決しそうなの？」

「しねえとな」

　慎吾は私のコーヒーカップの一点を見つめたまま、気のせいか不敵な笑いを浮かべる。

「待ってるよ、私。東京で働いて、慎吾との将来が見えてくるまで、ずっと待ってるから」

　私は今度こそ慎吾の指に、自分の両手を重ねた。彼が上目遣いに私を見つめ、またすぐに視線を落とす。妙に自信なさげな、何かしらつらそうな目の動きだった。

　私が待ってることに負担を感じたのだろうか。それとも実家で起こっている問題は、そう簡単に解決しそうにないものなのだろうか。

　私にはいえない問題なのねと、なかば投げやりに心のうちでつぶやいてみる。結局私は慎吾のことを何も知らないのだ。

　アパートの部屋を何度も訪ね、食器棚の何番目に何が入っているかとか、彼の太腿の後ろ側にふたつ並んだほくろがあることとか、脇腹をなぞるとムキになっていやがることとか、そんなことならいくらでも知っている。

けれども、私と会わないときの慎吾について、私は何も知らないのだ。最悪の場合、週日に別の女性を部屋に連れ込んでいるということだってありうる。

それほど私は彼については無知だった。目に見えない絆が全てであり、それに全幅の信頼を置いていたのだ。

私の「待ってるから」という言葉に、慎吾は具体的な反応を見せなかった。だから私はやはり自分に都合よく、否定されていないのだから彼を信じて待っていてもいいのだろうな、と結論づけた。胸の中にくすぶっている、やり場のない苛立ちをなだめるために。

「出ようか」

慎吾は伝票を持って立ち上がった。おごるのは男性として当然だと思っている彼の後から、私もおごられるのが当然のような顔をして店の出口に向かう。

駅ビルに外の光をさえぎられた薄暗い改札ロビーの電光掲示板で、私たちはそれぞれが乗る電車の出発時刻を確認した。

『ひたち』という文字が目に入る。ここからそう遠くはない町に住んでいる、やさしい顔立ちの奥に強い意志を秘めた、幼なじみの透を思い出した。

比べてどうにかなるものではないけれど、自己の弱さをさらけ出せる透の、せめて十分の一くらいの素直さがこの慎吾という青年にもあったなら、私はどんなにか気が楽だっただろうか。

　県庁所在地である都会の雑踏の中で、さすがにキスやハグは遠慮した。私たちは互いの右手のひらを肩の高さにあげて重ねあわせると、

「よいお年を」

　といい交わして別れた。

十八

　広々とした空の下、明るい紺碧の太平洋を望む冬の田園風景にその影を落としながら、赤い二両編成のディーゼル車は重々しいエンジン音を引きずって、南へ南へと走り続ける。

　ガラス窓に頭をもたせかけながら、私は慎吾の実家の問題って何だろう、まあ、因習としがらみしかないような田舎のことだから、私には想像もつかないようないろいろな問題が存在するのだろう、などとあれこれ考えていた。

　彼が言葉足らずなのは毎度のことなので、今回のあいまいさもその性格ゆえだろうと、私は思っている。

　もしかしたら、小さいころいっしょに住んでいた腹ちがいのお兄さんとの間に、何らかのもめごとが発生しているのではないか。別れたとはいえ血のつながりのある父親のこと

で、避けて通れない問題が持ち上がっているとか。

慎吾の切羽詰った状況を想像しているうちに、私の中でくすぶっていた不安が何でもないことのように収まった。私の不安とは、慎吾との関係が今のような濃さを失っても、あの記憶と忌々しい感覚に勝てるだろうかというものだった。

性的被害者である私が手に入れているこの強さは、慎吾あってのものだ。だから彼との性行為が遠ざかってしまうと、私はあの醜い映像に負けて、自己嫌悪でいっぱいになってしまうのではないだろうか。

でも、慎吾だって口にしないだけで、決して性的被害者としての嫌悪感から完璧に解放されているわけではない。そんな不安定な精神状態を抱えながらも、彼は跡取り息子というしがらみを受け入れ、店を切り盛りする母親を助ける責任を負っている。それを思えば私の不安などたいしたことではないと気がつくのである。

元旦。

我が家に届いた知香さんの私あての年賀状に、ホームページのアドレスが記されていた。

『私たちの活動をより多くの人に知ってもらうために、ホームページを開設しています。よかったら見てくださいね』

という説明が、ひどく小さな文字で付け加えられている。

残念なことに、私はパソコンを持っていない。父親はパソコンを持っていて親戚とメールのやり取りをしたり、お取り寄せに利用したりしているから、使わせてもらえないこともないだろう。

ただし知香さんのホームページというのは、虐待被害児を救う活動を広く世間に知らしめるためのものである。そんなページを、親の目の前で堂々と閲覧するなんて私には無理な話だ。私はこの手の言葉が実家に侵入するのを極力避けたいのだから。

我が家に届いた年賀状を自分、母親、そして私、と仕分けをしてテーブルに積み上げている父親の手元を見ながら私は尋ねた。

「お父さん、この近所にインターネットカフェって、ある?」

「インターネットカフェ? 仕事に行く途中の国道沿いにあったかも知れん」

「国道沿い? ここからは遠いよね」

若者が多い都会ならば、そんなものは駅前などの繁華街にあるのが普通だが、この町では駅前が過疎地なのだから話にならない。父親は車で三十分かけて仕事に通っている。どこへ行くにも車が必要な不便さも、住めば都ということなのだろうか。

「インターネットなら、家でやればいいじゃないか。俺のパスワードを教えてやるから」

冗談ではない。親が見ているところで堂々と閲覧できるほど、健康的なサイトではないのだ。

母親が、非難がましい口調で話に加わる。

「インターネットカフェって、変な人が集まったり火事になりやすかったりするところでしょう？　さっちゃんのような女の子が行くようなところじゃないわよ」

「ネットカフェそのものは、危ないところじゃないよ」

私は、苦笑いを浮かべながら母親にいい返した。

田舎では、都会の先端文化についての異常に突出した情報しか入ってこない。マスコミを通じて届けられるネットカフェの話題は、ネット難民とか火災事件などの暗いイメージのものばかりだ。

「いいよ、急ぎの用事じゃないから」

知香さんのホームページを見たくないといえば嘘になる。あとで手帳に書き留めておくつもりで、私は彼女のはがきを脇に置いた。

「今年は、母さんの年賀状も増えたな」

作業の手を休めずに、父親が心なしかうれしげにいう。

母親は、昨年から町の合唱団に参加しているらしい。もともと音楽は好きだったから何かを始めるとしたら、このあたりでは合唱ぐらいかしらといって、父親からも大いにやりなさいと勧められて、週に一、二回の練習に通っている。律儀な音楽仲間からの年賀状は、ゆうに二十枚を超えていた。

私は彼らの留守をねらってパソコンを開いてみようと考えて、母親に尋ねる。

「年始の練習はいつから?」

「ないの。皆さん家庭を持ってたり実家に帰省してたりするから、早くても十五日の松の内を過ぎるまではないわ」

「そうなの? 新春コンサートとかって、『第九』か何か歌うんじゃないの?」

「歌わないわよ」

　母親はけらけらと笑って私の問いをかわす。

(ふたりともどこかへ行く予定はないの?) とさらに訊きたかったのだが、あまりしつこいと、なぜそこまで親の不在を期待しているのかと逆に質問されそうなのであきらめた。初詣には絶対に同伴させられるし、私がひとり家に残って父のパソコンを拝借できるチャンスは、まず訪れそうにない。

「来年は、さつきの成人式だな」

「そうね。ただ晴れ着着て神社にお参り、っていうんじゃなくて、何か心に残るイベントにしたいわね」

「いいよ、別に。大学も始まってるし」

「でもお祝いをするのは大事よ。あなたがここまで無事に成長できたことは、決して偶然でもなんでもないんだから」

そう、決して偶然ではない。それはよくわかっている。

年賀状の束を手に部屋に入ると、私は一番上に重ねた知香さんの年賀状をぼんやりと見つめながら、母親の言葉を反芻してみる。

私たち家族はあの事件があった団地から、生活の全てを捨てる覚悟でここへ引っ越してきたのだ。私の安全のために。私が無事に成長するために。

そのことに感謝を忘れてはいない。でも本当のことをいうと、手遅れなのだ。

私はマナミが殺される前に、被害にあっていた。マナミと同じく母親の目が届かない場所で、同じ団地に住む中学生の毒牙にかかったのだ。そしてそれを誰にもいわずにやりすごし、忘れ去り、記憶が戻ってからも親には事実を隠したまま、健やかな成長をとげてきたのであるだ。

うちあけたところで親に何ができるだろうという、あきらめのせいなのか。

恥ずかしい部分をおとなしく触らせていたという、自分のおろかさを知られたくないからなのか。

それとも、これ以上親を、特に母親を、苦しめたくないからなのだろうか。

結局のところ、私は親の支えなしに立ち直っている。立ち直るというほど深刻に傷つき悩んだわけでもないが、ともかくあの記憶に向き合い、中学生の黒いズボンとその上に乗っかっている幼い自分を思い起こしても、トラウマの類に苛まれることもない。

まちがいなく、知香さんには勇気をもらった。

私は、彼女の年賀状に記されたＵＲＬに視線を落として、あの団地での語らいを思い出した。

あの時私は彼女から、被害者は自分だけではないことや、忘れ去ろうとして苦しむよりは、理解者を見つけて告白しその重荷を下ろすことや、そうやって自尊心を回復して生きていく権利がどんな被害者にもあることなどを教わった。

また彼女との会話を通して、恋人にうちあける力を得たのもまちがいない。

でも、最終的に私を立ち直らせたのは、カウンセラーではなく慎吾だった。

恋人との性的体験で、過去の被害経験をありありと思い出す人もいるようだけれど、私の場合は慎吾とのさまざまな性行為によって心の武装ができていた。あの映像を受け入れる気持ちの準備が整っていたのである。

理解ある仲間からの慰めや励ましによって、その場では癒され光を見出したとしても、結局忌まわしい記憶と戦うのは自分ひとりなのだ。いつも誰かがそばにいて支えてくれるわけではない。「あなたはひとりではない」と何度励まされても、ひとりで立ち向かうためには精神力というものが必要なのだから。

私は、被害者仲間やその理解者に恵まれるよりも、慎吾との性的経験が先だった。偶然に慎吾も幼児期における性的虐待の被害者ではあったけれども、記憶が戻った私を支えたのは被害者としての仲間意識ではなく、被害経験を侮れるほど慎吾と交わした、ベッドの上での他人には聞かせられない行為の数々なのだ。

慎吾の被害経験は、私が告白しても彼が嫌悪感を示さずにすむという点では大いに役立った。でも、それだけのことである。

私は少年によって辱められた身体に、愛する男との大人の体験を塗り重ねることで過去の忌まわしい感覚から目をそむけようとした。そして、必ずしもそれが成功したわけではない。少年の指の感覚は、私の肉体からかき消されたわけではないから。

それでも、あのときに抵抗すらしなかった幼い自分が決して罪深い存在ではない、という小さな誇りのようなものは手に入れることができた。

愛する人だからという理由で男女の交わりに身を任せている私が、陰部を触られてじっとしている無邪気な幼女を非難することなどできるだろうか。

私の、他人には話せない秘めた克服の方法は、知香さんたちの存在を思うと、いかにも堕落したやり方だ。カミングアウトすることで自分の弱さに向き合い、胸を張って生きていこうとする元被害者たちの勇気と気高さに対して、私は明らかに嫉妬すら覚えている。

ネットという社会の中でつながりを求め、励ましあい慰めあうことで、前向きに生きる勇気をはぐくむ、知香さんのサイト。

今の私は、そこにたどり着く手段を持たない。疎外感はある。けれども私はその一方で、自分が性的被害者の世界に取り込まれ、その中で安らかに生きたいとも思わないのだ。

不幸な被害者である前に、私はひとりの女性だ。性的被害者というレッテルなど貼られたくないし、同情もされたくない。

だって幸せだもの。全てを信じられる青年と愛し合える仲なのだから。

結局、私は一般に注目される性的被害者、たとえば強姦の被害にあったような女性とは深刻さの度合いがちがうのだろう。知香さんなら、どんなケースであれ性的被害は魂の殺人なのだと、あくまでも私の味方をしてくれるだろうけれど。

誰かに聞いてもらわなければ克服できないほど深い傷を負った人のために、知香さんたちは働いている。私はその必要性を感じていない。むしろ、信頼できる男に抱かれることが一番の治療法ではないか、なんて本気で信じているのだ。

そんな人間が、虐待被害児のために真剣に活動している善良な人たちのサイトにお邪魔して、「信頼できるいい男を見つけて過去の被害体験を上回る性経験をすること」を勧めたりしたら、たちまち削除されてしまうんじゃないだろうか。

自分が彼女のホームページを見に行けない状況にあることは、正月早々幸運だったのかもしれない。

私は空しい笑いを浮かべながら年賀状の束を輪ゴムでまとめると、受験勉強以来全く使用していない机の引き出しにしまいこんだ。

十九

慎吾の実家の騒動がいったいどういうものなのか、あれ以来一度も彼は話題にしなかった。私に話したところで何も解決しないのだから、口にするだけ時間の無駄、とでも思っているのだろう。

私たちは、律儀に定期的に会い続けた。部屋に入るとろくに言葉も交わさないまま抱き合い、短い時間を精いっぱい使ってできるだけのことをした。これまで積み重ねた行為のおさらいをするみたいに、私たちはいろんな方法でからみ合った。

慎吾の指や舌の確かな動きが、私の中に大きな波を生じさせる。うねりに巻き込まれ無気力な藻のようになった私に、彼は深くゆっくりと潜入する。私たちは完全に融け合い、将来の不安も過去の屈辱も存在しない空間を、つかのま漂流するのだった。

あの知香さんの年賀状を見て以来、私は文字通り脱皮したのである。どうせ私は、性を嫌悪する慎みある女性のようにはなれないのだからと、すっかり開き直っていたのだ。

私は私のやり方で、これからも生き抜いていくつもりだ。慎吾と深く交わることで、記憶を封じ込めるほど傷ついた、私の魂を救っていくのだ。

幼かった自分をみだらなおろか者だと軽蔑するのではなく、どんな自分であってもすべて残さず受け入れよう。

義理の兄にいじめられ続けた慎吾を、私の熱い体内に受け入れ包み込んでしまうのと同じように。

年度末試験の結果は、あまりよくなかったと思う。慎吾とのデートは週に一度、しかも土曜日のバイトの後の翌日にかけてという短い時間だから、それが影響したとは思えないけれど。

課題の『老人と海』については、その情景描写にひかれて気分よく読みこんでいたつもりだったし、本も試験会場に持ち込み可能だったのだが、問題文がすべて英語であることに面食らってしまい、設問の内容に適合することが本文のどこに書かれているのかを探し出すのに時間を食ってしまって、八割ほどしか解答欄をうめることができていない。しかもその回答が全部正解だという保証はないのだ。

周囲の、欠席ばかりして私にノートを借りまくっていた友達が、意外と簡単だったねえ、なんていっているのを聞くと無性に腹立たしくなる。たぶん来年度も同じ講義室で顔をあわせるのだろうけれど、できるだけ離れた場所に座ることにしようと思う。

勉強不足は否めない。皆、遊んでいるようでセカンドスクールに通ったり留学したりして、英語力の向上に陰日向にそれなりの努力をしているのだ。

私は何をしているのだろう。

ひとり暮らしの生活とバイトと慎吾とのデート。いい訳にすぎないかもしれないけれど、私にとって慎吾との時間はなくてはならないものだ。私には、周囲の仲間がよりよい会社に就職するために英語の力を身につけるのと同じくらい、傷ついた心を慰め、穏やかな人間らしい心を取り戻すために、恋人との交わりが必要なのだ。

私は三年生の受講数を減らさなかった。卒業可能な単位獲得のためには、多少余裕を持たせておいたほうがいいと判断したのだ。普通の学生は受講数を減らして就職活動に備えるところを、である。

相変わらず、就職に関してもあせりを感じていない。これまで無事に生きてこられただけで満足しているのだ。そこそこに食べていける堅気の仕事ならなんでもいい。

それよりも、せっかく親が貯金をかき集めて入れてくれた大学である。もっと本腰を入れて勉強をしよう、と本来なら入学時に誓うべきことに、私は三年生への進級を前にしてようやく気がついたのである。

夜の空気が、どこかしら暖かく暖かく感じられるようになり、マフラーよりもスカーフがにあう季節がやってきた。

その夜の私たちは、慎吾のアパートではなく、商店街にある喫茶店に向かっていた。

慎吾と喫茶店に入るのは何ヶ月ぶりだろう。何か話があるのなら彼の部屋でもできることだったけれど、密室に閉じ込められたとたんに、ふたりともお互いを求めることに集中してしまい、冷静に話をする雰囲気を見失ってしまうからなのだろう。

飲み物だけを注文してそれを受け取ると、壁に向かってすえつけられたテーブルに品物を置いて、私たちは並んで腰を下ろした。

黙ったままコーヒーにクリームを注ぎ、私は湯気に顔半分を包まれ蒸されたような状態で、カップに口をつける。視界の隅で慎吾をとらえると、彼はカップには手をつけずに、テーブルにのせた両手を組み合わせてその指先を見つめていた。

「どうかしたの？　実家のこと考えてるの？」

私が首をひねって彼を見上げる。思いのほか穏やかな顔つきに、少しほっとした。

「おまえさ」

自分の指先を見つめたままで、慎吾はささやくような声でいう。

「しばらく会えなくなっても平気か？」

「しばらくって、どのくらい？　一ヶ月ぐらいはいつものことだし」

「ちょっと見当がつかない」

「長いの？」

「長いか短いか今はいえねえな。そんな状態ってまずいだろ？」

「まずいかどうか、想像もつかないけど」

「それもそうだな」

慎吾は自由にした手をカップに伸ばした。

「いいよ、私は。慎吾がしたいと思うようにしてくれれば」

私はそういって自分のカップに視線を戻す。そんなお人よしでいいのか？　という、とても小さな不満が、胸の壁に芽を出していることに気づきながら。

「ほんとに？」

「だって、予測がつかないんでしょ？　私が決められることじゃないよ」

「じゃ、別れよう」

一瞬返事につまる。そしてすぐに強気な言葉をひねり出して口にする。

「あなたがそうしたいっていうなら、しかたがないよね」

慎吾は小さく噴き出した。冗談だったのか。

「いつ決着がつくかわからない実家のことで、お前のこと拘束するの悪いから」

「それなら別れるんじゃなくて、離れて様子を見るっていうことにしない？　平気よ。遠距離恋愛覚悟だったから」

「遠く離れても成り立つかどうか、試してみるってことか」

遠距離恋愛と、どこがどうちがうのかわからないが、どうやら私たちの前途には何らかの大きな試練が待ち受けているようだ。少なくとも慎吾の言葉には、明らかな覚悟がこめられている。

「私は大丈夫よ」

強がりでもなんでもなく、私は明るくいってのけた。

私にはあなたしかいないもの。愛し合っているだけではない。幼いころの、無知ゆえの屈辱的な体験を共に有する間柄。そんな秘密をずっと抱えたまま生きてきた人と巡り会える偶然など、そうやすやすと手に入るものではないと思うから。

どんなに離れていようとその状態が何年になろうと、別れという明らかな結末が与えられない限り、私は目に見えない絆にすがりついて、いつまでもどこまでも慎吾の恋人であり続けるつもりだ。

だから大丈夫。私があきらめるのは、慎吾に嫌われたときか、彼がこの世から消えてしまったときだけ。それ以外には考えられない。

「俺が実家にいる間は音信不通になる。携帯も切ってるから」

「いいよ」

当然だ。困難な問題の渦中にいる慎吾のじゃまなど、私は決してしない。

「悪いな」

慎吾はやっと私に顔を向けて、珍しく照れたようにいった。彼にしてみれば精いっぱい謝っているつもりなのだ。そして、

「解決したらすぐにお前に伝わるようにしておくから」

と、妙にいたずらっぽく笑った。

（お前に伝えるから）ではなく（伝わるようにしておくから）という表現に、小さな疑問が残ったけれど、それもストレートに気持ちを言葉にできない彼独特のいい回しなのだろうと、私は単純に解釈していた。

春休みに入る前日に、私はファミレスのバイトをやめた。慎吾の生活の変化に合わせて、私も環境を変えたかったのだ。

彼と出会ったバイト先。でも彼は二度とここには戻らない、それもなんとなく切なかった。ひどくつまらない理由だけれど、就職活動もあることだからと店長は快諾してくれた。

そのアルバイト最後の夜。

翌日は朝早く実家へ向けて出発するからという慎吾の言葉に、私は彼に送られて自分のアパートに戻った。もちろんバイトの後、いったん慎吾の部屋へ行き、シャワーをしてベッドの上で一通りのことを済ませて、ふたりとも意志の力を振り絞って深夜の外に出かけたのである。

最終電車は終わっていて駅前の人通りはすっかり途絶えていたけれど、商店街は決して真っ暗ではなかった。ついさっきまで抱き合ってた男と腕を組みながら、まだ人目もある公道を歩いている自分が、恥ずかしくもあり誇らしくもあった。

そうして男子禁制の下宿に到着するまで、私たちの間で交わされた言葉は記憶に残らないほどわずかなものだった。もしかしたら、会話らしい会話はなかったのかもしれない。言葉なんかいらなかった。言葉は裏切る。嘘をつく。

私たちの間には、形に表すことのできないつながりがある。同じような経験を抱えたものにしか理解できない、自己嫌悪と屈辱、さらに忌まわしい記憶との距離のとり方、それを共有できる恋人がこの空の下に生きているだけで、明日からの離ればなれの暮らしに対する心構えができるのだった。

私の下宿は、住宅街からさらに横に入った狭い路地の奥に、そのぬくもりのない鉄の門をかまえている。路地は下宿の大家さんの私道で、ブロックを埋め込んだような石畳で固められていた。

私は慎吾の腰に手を回し、慎吾は私の肩をしっかりと抱き寄せて、有刺鉄線で上部を覆われた門に足並みをそろえ、一歩一歩近づいていく。

私はコートのポケットから鍵を取り出し静かに門を開けた。だがすぐには中に入らずに、路地の入り口の外灯に照らされて白く浮き上がる慎吾を見上げた。

彼は私を見下ろして「じゃ」とだけいった。初めてこの場所へ送ってきてくれたとき、慎吾は「じゃ、また」といったような記憶があるが、今夜は「また」がない。

冬休み前の水戸駅での別れのときと同じく、慎吾は右手のひらを胸の高さにあげて私に向けて見せた。私はその手に自分の左手を重ねる。

誰も見ていないのに、明るい都会の夜空には星さえ光っていないのに、キスもハグもなかったのは、公の場では仲睦まじい行動を慎まねばならないという彼なりの美意識なのだろうか。

慎吾はふわりとした笑顔を残すと、何事もなかったかのように私から去っていった。硬い石畳を踏む慎吾のスニーカーの靴底の音が、私の耳にかすかに届く。その規則正しい足音と、毅然とあごを上げて前を向いて進んでいく後姿には、不思議なほどの強靭さと孤独さが漂っていた。

実家で発生している厄介な問題に立ち向かっていかなければならないひとりの男の姿。そういった覚悟や決意が、次第に小さくなっていく彼の背中に貼りついていたのだ。寂しさも悲しみも感じない。慎吾の後姿に漂っている決意は、私の中に生まれている女々しい感情を、ことごとく弾き飛ばしているかのようだった。

凛々しく成長した少年が冒険の旅に出るのを、心配しつつも黙って見守る母親というのは、こんな気持ちなのだろうか。

慎吾の姿が曲がり角で消えてその足音が聞き取れなくなるまで、私は門を半開きにしたままじっとたたずんでいた。まだ冷たい春の夜風の中にとけている、新たな生命の香りを嗅ぎ取りながら。

二十

春休みが終わったら、新たなバイトを探さなければ。

いまだに社宅住まいの両親の元に帰ると、私は何はさておきそんなことを考えた。いったいこの夫婦は、父親の退職後どこに住むつもりなのだろうか。学生の私が心配することではないのだろうけれど、それでもできる限り経済的負担をかけたくない。

実家の責任を一身に負っている慎吾を思うと、私も家族の一員としての自覚と責任感が知らず知らず芽生えてくるのだった。

いっそ卒業後は田舎に戻って実家から仕事場に通い、家に多少なりともお金を入れて老後の住居を購入する資金に役立ててもらおうかなどという、ひどく親孝行な発想が胸の中に浮かぶ。

慎吾だってずっと東京にいるわけではなさそうだし、私が東京に残らねばならない理由はない。だいたい父親は、私が目の届くところにいたほうが不安材料が減るのだろうから。

でも、こんな田舎で就職口などあるのかしら。結局のところ私の思考は、その現実的な壁にぶちあたるのだった。

新年度が始まり、バイト先も変えた私にとって、この春は格別新鮮なものだった。

新しいバイト先は大学の近くにある印刷所の一般事務である。前の職場からなるべく遠い場所に仕事を見つけたかった私は、学生課の窓口にアルバイトの募集について相談を持ち込んだ。

三年生なのに就職ではなく今さらアルバイト、という相談に、担当職員は営業笑いのまま一瞬固まっていたが、なくはないですよと紹介されたのが、大学からも歩いていける距離にある小さな印刷所の、午後三時から八時までの一般事務である。

これまで朝から勤務していた主婦の子供が小学生で、通わせていた学童保育が性にあわなくてやめたがっている、子供が帰ってくるまでに家に戻りたいということで春から三時あがりになるため、その後を引き継いでくれる学生バイトを募集しているのだった。

時給はファミレスよりもずっといい。都心であるという立地条件のせいかもしれない。日曜日は休みだけれど、土曜日は午前中から午後二時までの勤務。帰りが八時というのはありがたい。親に報告したら、反対はされなかった。

ほとんどが男ばかりの職場である。女性は私と、経理と福利厚生担当の社長夫人だけ。私は彼女にパソコンの操作を教わり、電話応対を指導されて、業務の内容について丁寧な説明を受けた。

新しい仕事をあれこれと覚え、授業数も昨年とほぼ変わりない新学期、私は緊張と興奮でいっぱいだった。だから、思い出したように慎吾の携帯電話に連絡を入れたのは、ゴールデンウィーク近くになってからのことだ。

ところが、携帯電話はつながらなかった。何度番号を確かめてかけなおしても「現在使われていません」という機械的な女性の声しか返ってこないのだ。

印刷所が休みになるゴールデンウィーク中に抜き打ちでアパートに押しかけてみようか。いつになくそんな積極的なことを考えたのは、無断で携帯電話を解約して新しい番号も教えてくれない慎吾に、怒りよりも不安を感じたからだった。用意周到な彼らしくもない、と思ったのである。

その矢先。

印刷所での仕事を終えて、途中のコンビニで夕食を買い、夜の九時すぎに下宿に戻ると、玄関の靴箱脇に吊り下げられている布製の状差しに、私の名前だけが表書きされた封書が入っていた。

珍しいこともあるものだと裏を返すと、そこには住所は記されておらず、ただ『川瀬慎吾』と書かれているのみ。私の心臓が開封をせかすように突然早まった。

私の住所が書かれていないということは、彼が直接ここを訪ねて管理人さんに手渡すか門の外にあるポストに放り込んでいったのだろう。

なぜ直接、手渡してくれなかったのだという小さな不満を、あまり見慣れない慎吾のフルネームにぶつけながらも、私は胸をときめかせて部屋への階段を上った。

ドアの鍵をあけて電気をつける。何はさておき、私は小さなテーブルの前に座る。きちんと糊付けされた白い封筒の上部をはさみで丁寧に切り取り、中身を取り出すと、それは二枚の便箋につづられた手紙であった。

沙月さま、

携帯電話を突然解約してしまったことをお詫びいたします。考えるところがあってしばらく音信不通の状態になりますが、ご理解ください。

うすうすお気づきのことと思いますが、私の実家で起こっている問題というのは腹ちがいの兄のことです。ここ二年ほど、生活苦を理由に借金を要求してくるようになりました。母親は自分のせいで彼を不幸にしたからといってその要求にこたえてきましたが、私はどうしても納得がいかないのです。

私はもはや兄のいいなりになって屈辱に耐えていた幼児ではありません。ある意味危険な事態にもなりかねず、そんなことに沙月を巻き込まないためにも、連絡が取れないようにしておいたほうが無難でしょう。大丈夫です。いずれ必ず私の晴れがましい顔を見てもらうことができるはずです。事態の解決を待っていてくれとはいいません。沙月は大学を卒業し就職をして、未来に向かって自分が信じる道を進んでください。

身勝手なことばかり申し上げました。どうか私のわがままをお許しください。

まるで目上の人にでもしたためたかのように丁寧な文言は、普段の慎吾のぶっきらぼうさとは雲泥の差だ。でも私には、それをおもしろがる心のゆとりはない。

待っていてくれとはいわないが、晴れがましい顔を見てもらえるはず、とはどういうことなのだろうか。

私は慎吾が以前口にした、「伝わるようにしておくから」というせりふを思い出した。あのとき覚えた違和感は、ある程度計算づくの用意された言葉ゆえのものだったのだ。

いったい慎吾は何をしようとしているのだろうか。

慎吾との間の連絡手段をすべて失った私は、駅の向こう側にあるアパートを訪ねてみた。思ったとおり、すでに彼は部屋を引き払っていた。郵便受けには私が知らない別の苗字が記されていて、廊下に面した窓の柵には、透明なビニール傘が何本も引っ掛けられている。おそらく雨が降るたびに買い足してしまうような人間が住んでいるのだろう。倹約家の慎吾には考えられないことだった。

えぐられるような痛みを胸に覚えながら、私は部屋のドアに背を向けた。

もう、会えないのだろうか。

初夏の温かな陽射しに目を細めながら、私は建物の向こうに広がる青い空を仰ぎ見た。でも、私は慎吾から別れをいい渡されたわけではない。もう会わないといわれたわけでもないのだ。会えなくなっても心のつながりは消えないと、何度も自分は納得していたではないか。

彼は私をいざこざに巻き込まないために、しばらくつながりを遮断しているのだ。それがわかっているのなら何も悲しむ必要はないのである。

それでも耐え難いほど、私の胸は締め付けられた。慎吾の苦難が理解できるからでも、自分にその覚悟が足りなかったからでもない。

この頭上に広がるさわやかな青空のせいだろうか。この世の苦しみ悲しみをすべて吸い取って静かに私を見下ろしている、澄みわたった青い空の。

五月の連休が終わり、私は再び大学とアルバイトの生活に戻ってきた。これまでのようには慎吾に会えない寂しさも、新しいバイトと友達が少ないゼミの授業に専念して、なるべく忘れよう、克服しようと、私なりに努力する日々だった。

打ち捨てられたような思いに身を切られそうになると、私は状差しから慎吾の手紙を取り出し、何度も読み返しては自身を励ました。

絶望を示すような言葉は何ひとつ書かれていないけれど、なんだか相当な覚悟を決めている慎吾の思いにこたえるには、ただひたすら静観し再会を祈るしかないのだと納得する。そしてそれが、遠く離れた場所にいる私の義務であるようにも思えるのだった。

私は、大学と印刷所のアルバイトという平日の忙しさに気を紛らわせ、休日は午前中に洗濯や掃除を終わらせると都心に出かけて、お茶を飲みながら本を読んでひとりぼっちの時間をやりすごしていた。

二十一

そんな規則正しい日々がすぎたある夜、印刷所のアルバイトから帰って、いつもならシャワーに直行する私は、不意にその日常性から外れて冷蔵庫からペットボトルの麦茶を取り出し、テーブルに座り込んでテレビのリモコンを取り上げた。

それは虫の知らせだったのだろうか。

テレビ画面の上部に、『福島県で薬学生が義理の兄を殺害』というテロップが映しだされている。

事件をかいつまんで伝えるアナウンサーの姿が消えると、画面は、緑豊かな田舎町を上空から撮影した風景に切り替わり、画面下に、加害者の青年と被害者の男の顔写真が並んでいた。

なぜかそこに慎吾の顔がある。そして別のアナウンサーの声で、薬学部の学生、川瀬慎吾、という名前が読みあげられる。私の恋人、川瀬慎吾は、殺人事件の容疑者としてテレビに映っていたのだ。

福島という地名、薬学部の学生という肩書き。同姓同名やそっくりさんではない、まぎれもなく、慎吾は犯罪者となってモニターにその顔をさらしているのだ。

私はグラスから離した口をぽかんとあけたまま、慎吾の小さな顔写真に見入っていた。でも、気は確かだった。事件の詳細を伝える男性の声は、はっきりと耳に届いていた。

そういえば慎吾は手紙の中に、義理の兄に脅されていて母親が心理的にまいっているというようなことを書いていた。そして、もはや自分は兄のいいなりになっている幼い子供ではない、ということも。

下宿の前で見送った慎吾の背中に貼りついていた、強い覚悟と決意の中身が、私はようやくわかった気がした。

私の目はそのままニュースの画面に釘付けにされていた。別のニュースに切り替わったことにも気づかないまま、私は姿勢すら変えずに、麦茶が入ったグラスを手にしたまま固まっていた。

なぜ、殺害にまでいたってしまったのだろう。借金のトラブルぐらいで他人の命を奪うような人間ではないはず。

もしかしたら慎吾はこれをチャンスに、幼いときの自分の仇を討とうとしたのではないだろうか。

それにしても、やりすぎではないだろうか。その程度のことで人生を台無しにするなんて、あまりにもばかげているように思える。

慎吾の心を推し量れないまま、私は再びリモコンに手を伸ばした。ほかの局で同じニュースをやっていないだろうかと思ったのだ。

そのときだ。固定電話が突然鳴り響いた。

電話というのはいつも突然鳴るものだが、すっかり活動を止めた私の神経に、着信を知らせる飛び切り明るいヘンデルの『春』の旋律は、目覚まし時計並みの衝撃を与えたのだ。

誰だろう、こんなときに、と思いながら、しつこく鳴り続ける呼び出し音に、私はやっと腰を挙げて受話器をとった。

「さっちゃん?」

電話の主は知香さんだ。

「お久しぶりです」

私は口だけが動いている状態で、挨拶の言葉を伝える。

「ニュース、見た?」

私はとっさに返事に戸惑ってしまった。彼女は、この福島の殺人事件のことをいおうとしているのだろうか。

「福島県の殺人事件なんだけど、まだ見てない?」

やはりそうか、と私は覚悟を決める。

でも、なぜ知香さんは、慎吾の事件をわざわざ電話で知らせてきたのだろう。

私はそれが全く理解できず戸惑った。彼女に、恋人の名前を教えた記憶などなかったから。そしてともかく返事だけはしなければと思い、

「今、見たところです」

とだけ、こたえた。

「ついに殺されたわね」

この知香さんの言葉に、私は耳を疑い、再び混乱を覚えた。話の整理がつかなくなって、被害者と加害者が入れ替わった。つまり、殺されたのは慎吾のほうだったっけ? と思ってしまったのだ。念を押すような、知香さんの低い声が聞こえる。

「吉井コウイチ。マナミを殺した犯人よ」

私は息をのんだ。思わず「そっち?」という冗談めいたせりふが、のど元まで出かかった。知香さんが伝えた想定外の事実は、私から返すべき言葉を何もかも奪い去り、恋人が殺人事件の犯人になったという私のショックを、たちまち粉砕してしまった。

マナミを殺したのは、慎吾の兄だった。

つまり私は、恋人の兄によって、性的凌辱を加えられたのである。

あまりのショックで気を失うどころか、すっかり覚醒したほどである。これまで想像すらしてこなかった事実。自分のおろかさ鈍さに憤りを覚えるとともに、知らなくてよかったのではないかという思いもこみ上げる。

慎吾は知っていたのだ。私が幼いころに受けた辱めは、父親を同じくする自分の義理の兄の仕業であることを。そして、マナミを殺したのが少年時代の兄であることも。

知っていたからこそ、慎吾は私のうちあけ話のあと、ずっとふさぎこんでいたのだ。

さらに誰とも打ち解けにくい雰囲気をかもし出していたのは、自分が殺人者と家族であったという事実を、ずっと背負い続けていたからなのだ。

私の中に突然、ある推測がひらめいた。

もしかすると、幼いころの自分と、恋人だった私、そして命を奪われたマナミの復讐のために、慎吾は兄の殺害というとんでもない道を選んだのではないか。

そうにちがいない、と私は何の根拠もなく決めつけた。自分とこの事件の動機を結ぶものが、どんなものでもいいからほしかった。彼は私のために罪を犯したのだ、と。

でも、この推測は決して外に漏らしてはならない。

私はすぐにそう判断した。計画的な殺人でなければ、つまり衝動的な行為であれば罪は軽くなるという話を思い出したのだ。

幼いときからうらみを抱き、恋人やその友達にも被害を与えた憎みきれない兄を、いつかは殺してやろうと思っていた、そういう筋書きは慎吾にとって不利になる。

だから何かを覚悟したような彼の手紙は、絶対に門外不出なのだと判断したのである。

「さっちゃん、協力してくれない？」

知香さんの声で、私はわれに帰った。

「何を、ですか？」

「私、犯人の罪を減じてもらえるように、吉井コウイチの過去を暴いてやろうと思って」

それはうれしいけれど、とひそかに胸のうちでこたえながらも、ある種の不安が私の脳裏をかすめる。

「マナミちゃんのこととか、ですか？」

その過去の中には自分が受けた被害も入るのだろうか、と思いながら私は尋ね返した。

でも、知香さんは、女性の人権を犠牲にしてでも全てを白日の下にさらけ出すようなことはしないだろうから、私の不安は取り越し苦労に終わるだろう。

「そう。少年事件ということで、全てが闇に葬られてるだけ。真実を隠したままで今後の捜査が進んでいくなんて、おかしいと思わない？」

「でも」

私は、慎吾の毅然とした背中を思い浮かべながら反論した。

「それは犯人である弟さんが警察に話すのではないでしょうか？」

「知らないということもありうるでしょう」

　知っていたはずです、とはいえずに、私は降参した形で黙り込む。

「さっちゃんだって、被害者でしょう？」

　知香さんの声は、急に慈愛深いものに変わった。

「遠慮することはないわ。今わかっているだけでも、加害者の弟があいつから脅されていたらしいっていう、ある意味犯人にも同情できる一面があるのだから。それに事実を明らかにするのに、誰にも文句なんていわせないわ」

「過去を暴くって、何をするんですか？」

「ネットを利用するのよ」

　知香さんからは、即座にこたえが返ってきた。それがずいぶんと前から決まっていたかのような、自信たっぷりのこたえ方だ。

「私たちがサイトを持ってるの知ってるでしょ？　そこに今回の事件の吉井コウイチについて、私が知っている情報を何もかも暴露しようと思うの。読む人間が限られてはいるけれど、あちこちリンクを貼ってもらえれば広がると思って。事件が事件だけに関心は高いと思うわ」

「人権侵害になりませんか？」

私は消極的だった。実をいえば、元犯罪者ですでに死んでしまった見知らぬ男の人権など、私にとってはどうでもいいことだった。私をためらわせているのは、もっと他のこだわりのせいだ。

「吉井コウイチに関してだけは、私は人権を無視してるの」

わかりやすい理屈だ。私もそれには同意する。知香さんも知香さんなりに、誰にも見せられない深くてどす黒いものを、胸の奥に沈めて生きてきたのだろう。

「あ、誤解しないでね。さっちゃんに被害体験を書き込んでもらおうと思ったわけではないから。私の決意を知ってもらって、何かもっといい方法はないか教えてもらいたかっただけだから」

「ないですよ。私なんか何もかも忘れて成長しただけですから」

「記憶を失ったことそのものが、立派な被害体験よ。それよりも一般女性として何かコメントをもらえたらそれでいいの。あの犯人の青年も、あんな男のために重い罪を背負う必要はないって、私は思うの」

恋人が犯罪者になってしまった私にとって、それはとてもありがたい提案である。

でも私は、「考えておきます」とだけこたえて電話を切った。被害者を貶めることは必然的に加害者である慎吾を救うことになる。それなのに、知香さんのアイデアに対して、私は全面的に同意できないのである。

知香さんが何度も口にした『被害者』という言葉。

布団に入りほの暗い天井を見上げる、被害者の自覚がない私の脳裏に、あの惨めなシーンがよみがえる。

私は彼女が考えるほど深刻な被害者ではなく、むしろ少年に幼女は手なずけやすいという認識を植えつけた、おろかな共犯者なのだ。

知香さんに接してマナミの事件に向き合わされるたびに、私は自身の穢れを意識し、自分がこうして生き抜いていることにさえ忌々しさを覚える。そして知香さんとかかわるときにしかそれらを意識しない自分に、さらなる罪深さを覚えるのだ。

抵抗しなかった私が生きのびて、抵抗したマナミは殺された。

私が「おにいちゃん」の行為に対して、不愉快さを感じてすぐに誰かに報告していたら、マナミは死なずにすんだのだ、という例の自己嫌悪のスパイラルに、私はまたもやはまり込むのだった。

同じ年の幼女が、あるものは苦痛も感じずにその行為に身をゆだね、あるものはそれを断固として拒否し激しく抵抗する。

神様は、どちらをお救いになるのだろう。

やはり戦前の女性のように、辱めを受けるぐらいなら舌を噛み切ってでも死を選ぶ、という態度が正しいのだろうか。

私が知香さんの提案に積極的になれないのは、被害者の自覚すらない自分に、善良な市民のひとりとして書き込みをする資格などあるのだろうかという、幼かった自分に対する自己嫌悪のせいだった。

そしてもうひとつ。

慎吾は、私との連絡手段を何もかも断ち切って犯行に及んだ。私とは、全く無関係の場所で。

それは、この事件に私がかかわることへの彼の強い拒否を意味しているのではないか。私にはそう思えてならない。事件にかかわりたくないわけではないけれど、慎吾の潔い性格から、そう考えるのが当然のように思えるのだ。

私はたったひとりで兄に立ち向かった慎吾を思った。覚悟を決めた中にも悲壮感など全く漂っていなかった彼の静かな笑顔と後姿に、もうひとつの推測が浮かぶ。

慎吾が兄を殺害したのは単なる仇討ちではなく、自身を凶悪犯にしたてることで、社会の裁きを受けようと思ったのではないだろうか。

兄に与えられた屈辱に黙って耐えていたことが、結果的に幼女の殺害事件につながった。それだけではない。自分の恋人までが幼いころにその毒牙にかかっていた事実を知った慎吾は、自らを殺人犯にすることで、人知れず抱え続けてきた『沈黙』という重い罪を、公然と裁かれて償おうとしているのではないだろうか。

私もできればそうしたかったのだ。被害者であるという確かな自覚も苦しみも持たない私も、その後の事件を招いた張本人なのだ。黙っていたことで犠牲者を出した、それを誰かに断罪してもらえたら、どれほど気持ちが軽くなるだろう。

二十二

翌朝も、私には珍しいことなのだが、ずっとテレビをつけたままにして、福島県の殺人事件についての報道を聞いていた。全国レベルでのニュース番組が終わると、さまざまな立場の人間が事件をさまざまな角度から切り込み、興味本位で勝手に裁いて結論を出す、民放のワイドショーに切り替えた。

地方都市で起こった単純な殺人事件であったけれど、犯人が薬学部の学生であるという高学歴で将来性ある立場の人間であるという点は、ことあるごとに権威を嘲笑したがるマスコミにとっては、格好の話題となっているらしく、どの局でもこの殺人事件を取り上げていた。

ゼミなど一度サボったくらいでどうかなるというものでもない。その日はたまたま午前中の講義が、「文化人類学」という、出欠よりも提出レポートを重視するものだったけれど、そうでなくても私は事件を報じる番組の前から、腰を上げることができずにいた。

ワイドショーが伝える内容は、犯人に同情的だった。

慎吾が書いていたとおり、被害者はお金に困って、薬局である慎吾の実家を何度も訪れては、経営者の義理の母親と弟を脅迫していた。母親は仕事に支障をきたすほどふさぎこんでいたことが、近所の人たちから証言されている、と。

だが、と彼らは口々にいうのだ。

脅迫されているなら、なぜ警察に相談をしなかったのだろう、と。なぜ殺してしまったのだろう、と。

その方法も、訪ねてきたコウイチに栄養剤だと偽って睡眠剤を飲ませ、お酒まで出して酩酊させたうえで、荷造り用のひもを使って絞め殺したというのだ。薬剤師の知識を生かした殺害方法には、なんらかの計画性を感じるというコメンテーターもいる。

私はその内容を聞いて、再び慎吾の手紙の文句を思い出した。

もはや幼いころの自分ではない、という部分。

力ではかなわないけれど、薬剤師として勉強し成長し、義理の兄に勝る知恵を身につけて、慎吾は思いを遂げたのだ。少年時代のコウイチが幼いマナミに対してやったのと同じ、絞殺という方法で。

私が知っているやさしくて静かな彼からは想像もできない、冷酷で残忍な犯行ではあるが、もしも世間が被害者である吉井コウイチの前科を知っていたら、慎吾に対する印象は全く違ったものにならないだろうか。

それとも、被害者がどれほどひどい前科を持ち、犯人である弟自身が元被害者であったとしても、今の日本の法律の範囲内において、一般人が仇討ちを実行することは許されていないのだから、やはり慎吾の行為は異常であるとみなされるのだろうか。

やはり私は、彼の罪が軽くなるように被害者吉井コウイチの過去を暴露する、という知香さんのアイデアに、二の足を踏んでいた。

慎吾は裁かれたいのだ。ずっと背負ってきた、義理の兄の愚行を野放しにしたまま沈黙を守ってきた心の重荷を、刑を受けることによって下ろしたいのだ。

そんな方法でしか、慎吾の魂は救われないのだから。

翌朝の新聞でも、福島で起きた殺人事件は取り上げられていたが、もはやそこには、犯人が義理の兄の執拗な脅迫に対してこのままでは自分たちがやられるという不安に駆られたから、という動機が載っているにすぎなかった。

事件現場となった慎吾の実家の写真が掲載され、その下に正面を向いた無表情な彼の顔写真がある。

私は端正な慎吾の顔を見つめた。逮捕後に撮影されたものだとしたら、確かにそれは落ち着きすぎてふてぶてしいものに思える。自分には悪いところはない、といいたげな顔に見えなくもない。

でも私には伝わる。慎吾は自分がおろかな殺人犯であることをきちんと確信している、ということが。長い間自分を苦しめてきた義理の兄を手にかけることで、やっと社会的制裁を受けられる安心感を得たような、すがすがしさを感じさせる表情だった。

慎吾が手紙に書いていた、いずれ晴れがましい顔を見てもらえる、というのはこのことだったのだろうか。新聞なりテレビ画面なりをとおして、目的を遂げたその姿を必ず私に見せる日が来ると、慎吾はそこまで覚悟し計算していたのだ。

六月にはいっても、就職活動など全く手につかなかった。休日の私は、事件を扱ったワイドショーのようなものを、チャンネルを切り替えながら片っ端から見続けた。

週刊誌も買いあさった。慎吾の取調べがどのように進んでいて、彼がどの程度まで真実を話しているかを、チェックせずにはいられなかったのだ。

たとえ興味本位の内容でもいい。私は世間がこの事件と慎吾に注目をしていることを望んだ。そういうやり方でしか、私は彼に寄り添えなかったのだから。

だがその後の取調べでは、新たな動機を慎吾から引き出すことはできなかったようで、この事件についての別の一面にワイドショーや中流週刊誌の矛先は向き始めた。それは、吉井コウイチの生い立ちだった。

彼が小学校に入る前に父親が浮気をして、愛人が子供を身ごもった。コウイチの母親は彼を置いて家出をし夫婦は離婚、その直後父親は愛人と入籍をして子供が生まれる。それが事件の犯人である慎吾だった。

だがその新しい母親との生活も数年で終わり、彼女は自分の子供だけをつれて実家に帰ってしまう。当時住んでいた団地の人の、(コウイチは最初からこの新しい母親を憎んでいたらしい)という証言に、テレビでよく見かける児童心理学者は、コウイチに対して非常に同情的なコメントをしていた。

借金をめぐる兄弟同士のトラブルが原因の殺人事件、という説明がひととおり定着してしまうと、マスコミは次に彼らの複雑な家族関係に注目した。

父親の浮気、父親の愛人にのっとられた家庭、望みもしない腹ちがいの弟、ふたりの母親に捨てられた被害者。

コウイチは、完璧にマスコミの同情を集めた。それとともに慎吾は、義理の兄から何もかも奪い去った、冷酷な薬剤師の卵として語られていくようになっていった。

そういった珍しい人生や裏事情といったものに、昼間からテレビの前に座っていられる暇な人間を対象とした番組は食いつくものだ。

スタジオにいる人間たちがともかく同調しあい、ありがちな結論に向かってうなずきあい、同じ空気を共有することが目的のような番組。

真実を追求することよりも、視聴者が関心を持つ内容をことさらに強調し、誰もが受け入れそうな結論を導き出す。子供時代の不幸がコウイチを弟たちへの脅迫に向かわせたのだという解釈は、当然であるが私の中で絶対に許せないものだった。

吉井コウイチは猥褻罪と幼女殺害の前科者なのだ。何人もの子供を陵辱し、かけがえのない幼女の命を奪っておきながら、おとがめなしの状態で世間に戻ってきたのだ。

彼の人生が狂ったのは自業自得であり、生活費を義理の弟に要求するような貧しい暮らしと、自分の不幸な生い立ちとは何も関連性がない。

きっと、マスコミ界で活躍する人というのは、家庭環境にも恵まれて、貧しさや劣等感などとは縁のない人生を送ってきたものばかりなのだろう。そういう人たちにとって、不幸な生い立ちを背負ったコウイチは、それだけで十分に憐憫の対象になるのかもしれない。

本当の加害者はコウイチなのだ。慎吾こそが被害者、長い間、誰にもその苦しみを理解してもらえなかった、孤独な被害者だったのだ。

私はだんだんと、知香さんの発案に協力したいと思い始めた。

ネットで吉井コウイチの前科を暴露する。

真実を世間に知ってもらうことで、そのうちに始まる裁判員裁判に、何らかの影響を与えることができるのではないか。被害者に対する世間のイメージが悪くなれば、慎吾の罪はある程度軽くなるのではないか。

それが、いずれ手の届かないところへ行ってしまう慎吾に、私ができる唯一の支援でもあった。また、吉井コウイチに虐げられ、おぞましい記憶を失うほど深い傷を負った幼い自分のためにも、私はこの事件に何らかの形でかかわりたかった。

コウイチが手を出した幼女は私だけではない。私が名前を隠して彼の少年期における罪深い行為を発表すれば、慎吾には何ひとつ迷惑をかけないはずである。

慎吾は裁かれたいのだ、刑に服したいのだ、という思いに迷いはない。私はただ、何も知らされていない世間が、誤った真実によって慎吾を裁いてしまうことが許せないのだ。正しい事実がすべて白日の下にさらされて、その上で慎吾の行為は許されないと断定されるならそれでいい。

慎吾の罪が軽くなり刑に服する時間が少なくなったからといって、連絡先さえ告げずに遠くへ行ってしまった彼に、私はもはや会うことすらできないのだから。

二十三

夏休みもお盆以外は、印刷所のアルバイトに通った。みんなが帰省してしまう真夏の下宿に残り、大人の世界に通い続けていると、自分がもうそこに就職してしまったかのような錯覚に陥る。

それは決して悪い考えではなかった。紙と活字を扱って文化に寄与するこの仕事は、縁の下の力持ち的な地味なものではあるけれど、危険や誘惑とは縁のない、健全な職場でもある。

いっそここに就職してしまおうか。今のままだとアルバイトだけれど、社長夫人に相談すれば何とかなるかもしれない。

いったん考え始めると、印刷所に就職する自分の未来像が、現実味を帯びて膨らんでいった。そしてますます、一般企業への就職活動からは遠ざかった。

お盆休みの初日、すでに稲穂が色づき始めた水田の中を走り抜けるローカル線に揺られて、私は海沿いにある茨城の実家に向かう。

福島県のどこかにいる慎吾に、東京にいるときよりもずっと近づけるのだという思い。会うことはかなわないけれど、警察の厄介になっている限り命だけは無事なのだろう、という思いが、広大な青空を眺める私の中で、穏やかに広がっていく。

自動改札機がなくカードが使えないため、精算をしてから駅を出ると、後ろから「さっちゃん」と声をかけられた。振り向くとそこに、会うたびに美しくなっていく幼なじみの透が立っていて、真夏の日差しを浴びながらまぶしげに微笑んでいた。

「久しぶり！　今の電車に乗ってたの？」

雲ひとつない明るい夏の大空の下、私は胸のうちのもやもやが日光消毒されたようなさわやかさで、身軽な透に笑顔を向けた。

「うん。本を買いにいってたんだ」

　そう。相変わらず電車に乗らなければ、買いたい本もないような町なのだ。

「さっちゃんは帰ってきたところ?」

「うん」といいながら、私は体をねじって背中のリュックを見せる。

　母親は、おしゃれに関心が高い年頃の娘が、こんな荷物を背負って都心を抜けてくることに違和感があるらしいが、駅から実家までの何もない道の距離を思うと、見栄えのいい格好などかえって障害になるのである。当然足元はスニーカーだ。

「もってあげようか?」

　透がなかば真剣に尋ねるので、私は「大丈夫よ」と、やんわり断った。彼はいまだに、私にとってのナイトなのだろうか。心は女の子なのに。

　そういう意味では、いたわられたいときがあるのではないだろうかと、私はほんの少し透を哀れに思う。

　私たちは、放置されて雑草がのび放題になった、全く買い手がつかない造成地を両側に見ながら、長い上り坂になっている舗装道路を並んで歩き始めた。

「透、アルバイトは?」

「もうやめてるよ。就職も決まったしね」

「あら、おめでとう。やっぱり地元企業?」

「そう。M製鉄の研究所」

「すごいじゃない。やっぱり理工系はいいね。この時期に決まっているなんて」

「さっちゃんだって、もう決まっていないとおかしいでしょ」

「私は・・」

思わず返事に戸惑う。

今の私は就職どころではない。何せ恋人が連絡を絶ったと思ったら、遠い田舎で大事件を起こしてしまったのだから。それと私の就職活動の停滞とは何の関係もないのだけれど、やはりそれどころではないと思うのが人間である。

「また、何かあったの？」

透が心配そうに首を曲げて、私の顔をのぞき込んだ。私にとって、世界一安心安全な、癒される表情。私の意志は完全に、彼の情けを必要としていた。

「透、時間ある？　今じゃなくて、明日でもいいんだけど」

私のやや深刻ぶった問いかけに、彼は「今でもいいよ」と笑う。

「暑いから途中でどっか店に入らない？　家には電話すればいいじゃん」

親も透と一緒だといえば安心するだろう。何しろ同じ社宅に帰るのだから。

「そうだね。坂の途中に店があったよね」

かつて、知香さんと入ったダイニングとデパートの特設会場と土産物屋が混在した駅前の店のガラス扉には、お盆休みを知らせる貼り紙が乾いた風に揺れていた。開けていてもどうせ駅前の店には誰も来ないのだ。上り坂の途中にある和菓子喫茶はこの町の老舗なので、お盆の最中でも結構需要があるらしい。

店の前で透から携帯電話を借りて、私は実家に連絡を入れた。電話に出た母親に、駅前で偶然透に会ったからお茶でも飲んで帰ると伝えると、母親は心なしか明るい声で承諾した。やはり何か誤解をしているようだ。私はそれどころじゃないのに。

常緑樹の森からやってくるやかましいせみの鳴き声が私たちを取り巻いていたが、冷房の効いた店内に一歩入り自動扉が閉まるとともに、その音はうそのように消えた。

店頭販売が主体の店なので、ちょっと不慣れな様子の若い女性店員が、私と透を奥のテーブルに案内する。

ほかに客はひとりきり、苦虫を踏み潰したような表情の男性が入り口近くの席に新聞を広げて座っていた。テーブルの上には灰皿以外に何もなかったので、客というよりは店の親族か何からしい。田舎の飲食店は公私の区別がなくて、店員の子供が店内で昼を食べていたりすることもある。

注文を終えるなり、「何かあったの？」と透は尋ねた。

「うん。それが大変なことになっちゃって」

私はいくらか冗談交じりにこたえた。まじめに説明するのは悲しすぎるからだ。私が声をひそめるために身を乗り出すと、透もそれに習う。

「福島で殺人事件があったの、知ってる？　薬剤師をめざしてる学生が兄を殺した事件」

「ああ、あったね。大学が地理的に近いから話題になってた」

「その犯人、私の彼なの」

「え？」

驚いたというよりは、何だかわけがわからないという顔つきで私を見つめる透に、私は慎吾と殺された兄との複雑な関係について、ひととおり説明した。

「しかもその殺された兄という人は」

私は視界の隅っこで、気難しい表情の親父をとらえながら、さらに声を低くした。

「少年時代に私の友人だった女の子を殺して少年院に入ってた男なのよ。同時に私にいやらしいことをしたやつでもあるの」

「要するに」

透の顔からは、笑みが完璧に消えていた。

「さっちゃんの恋人の義理のお兄さんは、元殺人者だったわけ？」

「そうらしいわ。でも少年事件ということで当時は公表されていなかったから、誰も知らないだろうけど」

「どうして、わかったの？」

「殺された友達のお姉さんが教えてくれたの。遺族として民事訴訟を起こしてるから、名前は把握していたみたい。わざわざ私に電話で教えてくれたのよ」

「じゃあ、君の恋人は実質的に、君とその友達の仇を討ってくれたようなものだね」

「うん。本人の気持ちはわからないけど、そんな気がする。だって、普通に薬学を専攻しているような学生が、借金のトラブルぐらいで人を殺すなんて、ちょっとおかしいでしょ？それに彼も小さいときにお兄さんから虐待されていたの。それを全部まとめて復讐したのかもしれない」

「そういうことは公になってないんだね」

「うん。動機はあくまでも借金をめぐるトラブルだってことしか報道されていないから」

「その、さっちゃんの彼氏は、お兄さんが女の子を殺したことを知ってるんだよね？」

「つきあっているときはひとことも、そういう話はしなかった。自分が被害を受けた、っていうことしか。お兄さんが埼玉の団地で事件を起こしたころはもう親が離婚していて、私の彼は福島に戻っていたから。でも、知っていたんだと思う」

「縁が切れていなかったのなら、どこからか耳には入るだろうね」

「そういえば、彼のお母さんは、前の奥さんの子供だったお兄さんに対して責任を感じていたらしいから、何もかもわかって借金に応じてたのかもしれない」

「なるほどね」

透はうなずくと、グラスの水をひとくち飲んだ。

「お待たせいたしました」

さっきの若い店員の声が割り込んできたので、私たちはテーブルから体を離した。ふたりの前にそれぞれが注文したクリームあんみつが置かれる。今の自分の気持ちや慎吾のことを思うと、うんざりするほどカラフルにトッピングされたあんみつだ。

「さっちゃん、ショックだったでしょ？　そんなにいろいろなことが起こったら」

透の顔には、いつもの、やわらかさが戻っている。

「ううん、それほどでもないの」

私は、寒天をフォークで突き刺して首をかしげた。

「春に彼から手紙をもらっていてね。何だか、すごい覚悟を秘めてた内容だったから。それともまだ実感がわかないのかな。それに、私にちょっかいを出した中学生が彼の兄貴だったっていうのも、それを教えてくれたのが恋人とは全く関係のない人だったせいで、冷静に聞くことができたのかもしれない」

「まあ、さっちゃんは昔から気が強いからね」

「ほめてるの？　それ」

私は透を軽くにらんですぐに笑った。彼も白い歯を見せて笑い返す。

私がいつも男の子とばかり遊んでいたのは、透が必ず誘いに来てくれたからである。私の心の中にとてもなつかしい光景が広がっていった。

と同時に、彼はあの頃からすでに自分が男として生きることに違和感を持っていて、誰にも相談できずに悩み続けていたことに思いがいたった。

親にもいえない苦しみを抱えて成長した人間がそばにいてくれることに、私はいいようのない安堵感を覚える。そんな透だからこそ、私は何もかもをうちあけることができる。

期待を裏切ることなく、透は冷静に話を聞き意見を述べてくれた。

「事件があったのって五月だよね。もうそろそろ裁判が始まるかな?」

透は、上品に寒天を口に運びながら問いかける。

「どうなんだろう。いつごろ始まるものなの？　裁判て」

「難しい事件でなければ、逮捕から二カ月くらいで初公判があるらしいよ」

「どこで裁判があるのかしら」

「福島だから、地裁か、あのあたりだといわき市の支部かもしれない。広いから、福島は」

私はため息をもらした。慎吾がどんどん遠くへ行ってしまう、私の知らない土地で私の知らない人たちの中で彼はこれから生きていく、そんな現実が胸に迫ってくる。

「殺人事件だから、裁判員裁判になるよね」

「そうなるね」

「実はね」

　私は知香さんから提案された、被害者の過去を暴露するという計画を、透に説明した。頭のいい彼にならら、何かもっと有効な手段があるのではないかという期待もあった。

「どうかなあ」

　透は薄笑いを浮かべて、首をひねる。

「どうかなあ、って何よ」

「その人のサイトがどれだけの人に影響を与えるかわからないけどね」

「それは本人もいっていたけど」

「裁判員に選ばれた人が、ネット上の情報をどこまで信頼するかっていうのもあるし」

「でも、単なるチャットなんかと、ちがうのよ。真実なわけだし」

「真実かどうか誰が判断するの？」

　透の冷静な口調に、私は口をつぐんだ。

「あるサイトにね、二十年前に世間を震撼させた少年事件の犯人がお笑いタレントとして活躍してるっていう書き込みがあってね。少年事件だから名前は知られていないけど、過去がわかったら絶対に近づきたくないぐらいの人」

「ほんとう？　そんな人がタレントになんかなれるの？」

「ね、信じないでしょ？」

確かに私の反応はおかしい。

新聞やテレビで報道されていればすぐに真実であると信じ込んでしまうのに、ネットだと発信者がプロではないというそれだけで、知らず知らず情報の信憑性を疑ってしまうのだ。内容が極端すぎるというのもあるけれど、私は反論ができずにいた。

「そのタレントさんもネットに対しては、はっきりと否定していない。よく名誉毀損で訴える人がいるけど、そういう動きもない。たぶん本当なんだと思う」

「でもそれが事実かどうかは誰もわからないってことね」

「受け取る人が信じるかどうかということでしょ。何でも」

「どうしようかな」

「暴露?」

「うん。だって、テレビでやってる報道って殺されたお兄さんに同情が集まりすぎてる気がしてね。それが悔しいわけ。私は別に、慎吾の罪を軽くしたいとは思っていないの。ともかく人を殺したのだから、どんな理由があっても刑罰を受けるべきだとは思う。そうでないと、あのお兄さんの罪も許しましょうってことになるから」

気がつくと、私は姫フォークを振り回しながら熱弁をふるっていた。透は包みこむような笑顔のまま、そんな私の話に静かに耳を傾けている。

「単に個人的にね、この際だから、過去の罪を全部ばらしてやりたいだけ。マナミと、幼いころの私と、ほかの何もいわないままの被害者にかわって、吉井コウイチの罪をみんなに知っておいてもらいたいの。裁判を通してね」

話しているうちに、私の心の中は整理ができてきた。

ひとりで考えているときにはただ泥にまみれてからまりあい、わけがわからなくなっていた自分自身の本当の気持ちが、透に見守られて言葉にしているうちに、丁寧に解きほぐされていったようだ。

そして、裁判に影響がないのであれば、かえって慎吾の迷惑にならないのだからいいことなのではないかという、逆説的な結論に達した。

「さっちゃんは、吉井コウイチの何を暴露するわけ？　自分の経験を書き込むの？」

「だめ？」

私は、ややムキになって唇を突き出すように問い返す。

「幼児期に受けた性的虐待を発表するんでしょ？　削除されるか、いやがらせみたいな書き込みをされるか、それがちょっと心配かな」

「そんなに露骨には書かないわよ」

と引き下がったものの、不満が残っていないわけではない。私はもう一度、この事件に関係のない透に向かって食ってかかる。

「まじめな話なのに、本当にあったことなのに、興味本位の記事扱いをされてしまうということ？　そんな扱い方が、幼児への性犯罪を野放しにしているんじゃないの？」

「僕にいわないでよ」

透は眉を下げて、一見情けなさそうな顔をしてみせながらも、はっきりとした口調で非難した。

「さっちゃん、強さに磨きをかけたね」

「そういうことは、今どうでもいいから」

とっさにそう反論したけれど、磨きをかけたという透の言葉はあながち大げさではない。自分自身がある意味異様な経験の持ち主であることを知り、その記憶に、同じような被害経験がある恋人とともに向き合った。それなのに、今やその恋人さえ遠くに行ってしまったことは、私を決定的に強くした。

私には頼れるものが何もないという現実を、さびしがる暇もなく受け入れねばならなかったのだから。

別れと、恋人の犯罪が一気に押し寄せた衝撃で、悲しみに浸っている場合ではなかったのが、幸いだったのかもしれない。

「でも、まじめなサイトは見る人が少ないからね」

透は最後の寒天を口に入れると、白いお絞りで口元をぬぐって話を続ける。

「僕が知ってるブロガーさんで、事件の裏話を載せてる人がいてね。アクセスもすごく多い、人気のサイトなんだ。匿名の書き込みで盛り上がってるんだけど、よかったらそういうのに書き込んでみる？」

「盛り上がってるサイトねえ」

私には、まだネット社会への偏見があるらしく、匿名で無責任に書き込みをして盛り上がる人たちの中で、自身の過去の深刻な体験をさらすことに抵抗を覚える。

「大丈夫じゃないかな。管理人はそれなりにまじめな人だから。僕はメールでお近づきになったんだけど、」

「そういうところに、私の経験を書くわけね？」

「いや、吉井コウイチが、元幼女殺害犯だということだけでもいいんじゃない？　さっちゃんは、とりあえず世間が考えている被害者のイメージをこわしたいんでしょ？」

「そうね。何も発信しないよりはしたほうがいいよね。あ、でも」

私は肝心なことを忘れていた。

「私、自分のパソコン持っていないんだ」

「貸してあげようか？　っていうか、僕のパスワードを使って入ってもいいよ」

「バイトして買ったっていうやつ？　実家にあるの？」

「もって帰ってきたんだ、ノートパソコンだから」

「それでネットができるの？」

「もちろん」

私は透の提案に、「貸して貸して！」と有頂天になってこたえた。

その声が高かったのか、店の入り口近くに座っている仏頂面の新聞オヤジが、聞こえよがしに大げさなため息をついていた。

二十四

店を出た後も当然のことながら、私たちは行動をともにした。何せ透の家も未だに我が家の上にあるのだ。私は子供のころのように玄関先まで透に見送ってもらえるのだった。

自分が女性の心を持っている、という透の告白を聞いてから、こうして彼に守られながら歩くことにある種のためらいが生じるようになった。

見た目は男性だから頼りがいはある。けれども心は私と同じ女性なのだ。いざというときに彼はどういう行動に出るのだろうか、私と同じように、おびえたり騒いだりしないだろうか。

そんな、透に対して失礼だろ、ともいいたいような想像もしてみる。

太陽は空に高く、木陰も人通りもない田舎の舗装道は、お盆休みのさなかでありながらそれほどの暑さを感じさせない。海から吹いてくる風の涼しさが、地熱によって温められた空気を、瞬く間に冷やしていくのだろう。

見るものは青空と深い緑の森、そして乾いたような畑の土の色ばかり、という単調な行程も、都会の息苦しい暑さを知っている私には、全く心地のよいものだった。

「そうだ、さっちゃん、ハンドルネームを考えておいてくれる?」

私よりも暑さに強いのか、汗ひとつ浮かばない涼しげな風のような表情で、透は私を見下ろしていう。

「ハンドルネーム?」

「ペンネームみたいなもの。匿名で書き込むほうがいいと思うんだ」

「そうね」

内容が内容だけに、そのほうがいいのだろうかと、そのときの私は考えて、

「わかったわ。考えてみるね。なんか楽しみになってきた」

そう返事をしたのだが。

明日の午前中に透の家でパソコンを借りる約束をして、私の玄関前で別れる。彼の姿が階段のコーナーを回ったのを確かめて、私はドアノブに手をかけた。

ふと見下ろしたホールに、子供用の自転車が二台並んでいる。狭い入り口からのぞいている強い日差しに照らされた外とは恐ろしく対照的なその暗さに、私は自分をすくませるような『何か』を思い出しそうになった。

でもその『何か』の正体は明らかだったので、気にせずすぐに前を向くと、その暗さから逃れるようにドアを開け、思い切り明るい声で「ただいま」といった。

同じく盆休みの父と、母と私との夕食時間は、あたりさわりのない世間話で終わる。私たちの夕食はそのような平和で明るい雰囲気を互いが心がけてきたために、決して意見の対立や激しいやり取りや、逆に無言の晩餐、などには発展しない。心配事や不平不満などの本音などが押さえ込まれた、お行儀のいい、どこか肩肘の張る食卓なのである。私はこの、親しい者同士であっても本音をぶつけ合うことがない、礼儀正しさをモットーとしているような雰囲気に慣れていた。

だからこそ、あれほど親しく深いつながりをもっていた慎吾との間で、本当に胸襟を開いた会話が成り立たなかったことに、それほど不満を持たなかったのかもしれない。生い立ちに負い目があった慎吾も無口な男だった。そして、私もまたこの家族とともに、相手が傷つきそうなことをあえていわないこと、いいたいことをいうよりも黙って笑顔を絶やさないほうが心穏やかに生きられること、を学んでいたからだと思う。

自分の心の中身に向き合い慰めるのは、ひとりになってからやればいい。夕食後の後片付けを、いやに饒舌な母親と肩を並べて和気あいあいのうちに終えると、私は解放されたように静かな部屋に戻る。

そして、本来の目的を数年前に失った勉強机の前に座って、引き出しから途中までしか使っていないノートを取り出して開いた。ハンドルネームを考えるためである。あの事件の被害者の過去を暴くために、匿名で書き込みをする。

やはり私は、そのような行為に対して軽い嫌悪感を覚える。

自分だけが安全な場所を確保して、情報交換の場に参加するというのは、実に卑怯な気がしたのだ。死んでしまった被害者に対して卑怯なのではなく、自分の人生をすべて犠牲にして堂々と犯行に及び、世間にその名も顔もさらけ出している慎吾に対して。

同じような思いで吉井コウイチを憎んでいるのに、私は安全な場所にいる。たとえ自分のおぞましい経験を書き込むのだとしても、本名は伏せていられる。どこの誰が書いた記事かなんてわかりっこないのだ、親にも、ほかの被害経験者にも。

もっと慎吾の置かれた立場に寄り添いたい。

新聞やテレビに顔を出し、将来も何もかもご破算にして、一般市民の面前で裁かれて、いずれは刑罰を受けることを覚悟でことに及んだ慎吾の凛とした潔さを、私はわずかでもいいから共有したかったのだ。

要するに私自身も彼と同じく、世間の裁きを受けたい、その覚悟をもって行動を起こしたいと思ったのだ。

少しでも慎吾に近づくために。遠いところへ隔てられてしまう彼に、せめて心だけでも寄り添えるように。

でも。

同時に、慎吾が私と事件のかかわりを否定していることも尊重しなければならない。私に知らせずに携帯電話を解約し、遠い土地で事件を起こした。

彼はそうやってでも私を守ろうとしているのだ。私の過去を法廷で明らかにすることなど、万が一にも望んでいない。慎吾が兄殺害の動機を、あくまでも借金のトラブルだと自供しているのは、そのためではないか。

この事件に過去を持ち込むのは、慎吾の意志に反する。

彼はひとりで闘おうとしている。そう考えると、私の中には大きな迷いが生じた。つらくて苦しい迷いだった。その苦痛は、今後もずっとあの忌まわしい指の感触を忘れられずに生きていく苦痛よりも、ずっと深くて大きなものだった。

戸惑いを振り切るのが目的のように、私はボールペンを手にする。心の中で慎吾に許しを請いながらも、私にはこの方法しか残されていないような気がした。

慎吾にわからなければいい。そのためのハンドルネームではないか。私には、あの男の前科を暴いて、裁判員裁判に何らかの影響を与える権利があるのだから。そして、私にしかわからない事実を公開する義務があるのだから。

法律で保護されている被害者の少年時代の犯罪暦をネット上に公開すること自体は、人道的に許されることではないのかもしれない。

透からお笑いタレントさんについての書き込みの話を聞いたとき、私はとっさに嫌悪感を抱いた。書き込みをした人間を、無責任で卑怯な小心者だと決めつけた。

でも、権力も知名度もない一般庶民が、公に向かって本気で何かを発信したいときに、ネットを利用する以外にどんな効果的なやり方があるだろうか。表現の自由は報道機関だけに与えられたものではないはずだ。少なくとも私は嘘や単なる誹謗中傷を書き込もうというのではない。

たとえ、その行為自体が法律違反で（どんな法律があるのかよくは知らないけれど）、誰かが非難して警察沙汰になったとしても、慎吾ひとりを悪者にしたくない私としては本望だ。

自分が何らかの悪事に加担すること。そうして自身で自身を貶め罪深い人としてのレッテルを貼ること。

それが、中学生による性的虐待を受けながら少なからず快感を覚え抵抗ひとつしなかった、おろかな経験を持つ自分への裁きになるのである。

しかも、裁きを受けようとする刑事犯の恋人と、同じ側の人間に立てるなんて、とてもすばらしいことではないだろうか。

白い紙に目を落とした私の脳裏に、いつか知香さんが語った言葉が思い浮かぶ。

『サバイバーっていうのよ、悲惨な体験を語ることでそれに向き合ってのりこえていく被害者たちのことを』

記憶を取り戻し彼女にそれをうちあけたときから、私の経験は私ひとりのものではなくなったのだ。私が自身の被害を慎吾に告白しなかったら、彼は兄を殺しただろうか。思いすごしかもしれないけれど、やはり慎吾は私のために殺人を犯したのだ。

もしも、義理の兄であるコウイチから虐待を受けていた慎吾が、そのときに声を上げていたら、私やマナミは被害にあわなかった。彼がそう考えても不思議はないと思う。

私だってマナミには申し訳ないと思っているのだから。私が抵抗しなかったことが、その後の少年の行動を後押ししてしまったのだから。

やはり逃げるわけにはいかない。マナミには償えないけれど、その分、知香さんの気持ちに応えることで償おう。幼い妹を殺され、それが原因で母親を失った知香さんに、大人になった私が考えうる限りのことをしてあげよう。

彼女に教えてもらった『サバイバー』という言葉。

私は単に自分が被害者ではなく、知香さんの妹が殺される原因を作った人間のひとりであることを忘れずにいるためにも、彼女から教えられたその名詞を、ハンドルネームに採用することに決めた。

ノートに『サバイバー』と書いてみた。

なんとなく物足りなく感じ、女性であることを強調するほうがいいのではないかと考え、後ろに『娘』とか『♀』とかつけてみる。ちょっと昔に流行ったアイドルグループとそのプロデューサーみたいに。そして何度か書いては消しをくりかえし、結局、

『サバイバー♀』

という造語に決定した。

私は、ひとりで満足げにうなずくと、次にどんな形で暴露記事を書こうかと考え始めた。吉井コウイチが少年時代に猥褻行為をくりかえし、ついには幼女殺害まで至ってしまったこと、にとどめるか、それとも自分が与えられた屈辱まで言及するか。

どうせ匿名なのだから、私も性的被害者のひとりです、ぐらいは書いたほうがいいのだろうか。

そう思う一方で、慎吾も望まない私の過去の暴露が何の役に立つだろう、単なる自己満足にすぎないのではないか、という冷めた思いが顔をのぞかせる。

私は、ハンドルネームだけを記したノートを閉じた。見上げると、カーテンを閉め忘れた網戸に無数の蛾やらコガネムシやらが張り付いている。その向こうは、都会ではありえないただの暗闇だ。

その暗闇に、慎吾の孤独な後姿が浮かんだ。私の思いをすべて拒否しているような、かたくなで毅然とした背中だった。

二十五

翌日は午前中から、私は透の家にお邪魔して彼の部屋でパソコンを借りることになった。彼の眉目秀麗ぶりを裏切らない整然とした部屋の様子をほめると、

「だって、普段使ってないもの。アパートはそれなりにひどいよ」

と笑う。そして私を勉強机の前の椅子に座らせると、「コーヒーでも入れるね」といい残して部屋から出て行った。

不思議な感覚だ。こんなところを何も知らない慎吾が見たらなんと思うだろう、そんなことを考えてみた。やはり、透は女のことを好きにならない人間なのだという説明はしておいたほうがいいのではないかと思い、ふと、そんな説明を必要とするチャンスすらないのだ、慎吾は生きる世界がちがう人間になってしまったのだから、と考え直した。

胸の中にとても大きな穴が開いているのに、何ひとつ埋めるものがないことを、私は改めて悟るのだった。

この先、慎吾に会えることなどあるのだろうか。どんな刑罰が下されて、どんなところに暮らすのか、刑務所に面会とかできるのだろうか。

透の部屋から見晴らせる常緑樹の森を見ながら、ますます空しい気持ちに襲われた私は、

お盆にコーヒーカップをふたつのせて戻ってきた彼に、慎吾のことを尋ねてみる。

「私の彼、死刑にはならないよね」

「ならないよ」

　透は空っぽに近い本棚のひとつにお盆を載せて、確信があるかのようにこたえた。

「計画的殺害だったとしても、前科がなければ。それに本人が自首してるでしょ？　そういう状況って被告に有利だよ」

「そうなんだ。じゃあ、刑務所に入る？」

「そうだね」

「福島の刑務所なら会いに行けるよね」

「刑務所がどこかはわからないんじゃないかな」

「え、そうなの？　裁判は福島なんでしょ？」

「福島刑務所は前科がある人が対象らしいよ」

「じゃあ、どこへ入るかわからないってこと？」

「うん。その人の犯罪傾向とかで判断されるらしい」

「わからないんだ・・・」

　前科があればよかったのに、とまでは思わないが、かろうじてつながっていた最後の綱が音もなく切れたような思いで、私は透が入れてくれたコーヒーに手を伸ばす。

「前科がない人が入る刑務所ってどこなのかなあ」

私は、半ばあきらめたように間延びした口調で、透に聞いてみた。

「そこまではわからないな。刑が確定してからなら調べる方法はあるけれど」

「あるの？」

「事件に関することはいくらでも書き込みがあるから」

「そう、プライバシーも何もないのね、犯罪者には」

自分も書き込みに参加しようというのに、今さらため息をつくまでもあるまいと思うのだが、やはりそんな状態に追い込まれた慎吾が哀れで、少しでも悲しい顔をしていないと申し訳がないような気がしたのだ。

「透ってネットでいろいろ調べてくれたわけ？」

「何を？」

「だって、詳しいじゃない。福島刑務所は前科がある人だけとか」

「ああ」

戸惑ったように視線をはずすと、透はノートパソコンを机に置いて電源を入れる。

「まあ、僕なりにこの事件には興味があってさ」

「私がからんでるから？」

「いや・・・」

やはり歯切れも悪くモニターをのぞくために顔を寄せる。私はその、あまりにも無邪気なしぐさに、慎吾への裏切りを感じて席を立った。

「どうぞ座って。そんな姿勢じゃやりにくいでしょ？」

と透に気を使うようなことをいいながら。

彼が口にした事件の興味の理由を聞きたいけれど、これまでもずっとそうだったように、私は、透が積極的に口を開くまでは黙って見守っていようと思った。


「ところでさ」

彼は話題を転じた。理由をしゃべる気はないらしい。

「夕べ、例のブロガーさんのところにいってみたんだけどね」

透はアイコンをクリックしながらいう。

「殺されたお兄さんの犯罪歴、もう書き込みがあったんだ」

「ほんとうに？　どんな風に書かれてるの？」

「それが、女性の書き込みなんだけどね」

「女性・・・」

先を越されたかという気がしないでもない。私の反応などおかまいなしに、透はモニター画面を見ながら、手馴れた様子で次々に『ウィンドウ』を開いていく。そして、

「ああ、これこれ」

　というと、私に椅子を譲って、その書き込みを読ませてくれた。

『五月に発生した福島県の薬学部学生による殺人事件ですが、その事件で殺害された吉井コウイチについて、報道されていない事実を書き込ませていただきます・・・』

　いきなり予想外の位置から石が飛んできたようで、私の頭の中から透がいいよどんだ、彼の事件への関心の理由など、すっかり吹き飛んでしまった。

『吉井コウイチは中学生時代に多くの幼女に猥褻行為を強要し、さらに抵抗した幼女を殺害した過去がある男です。このような書き込みが裁判の流れにどのような影響を与えるか、正直なところ期待はしていません。ただ、なぜ犯人である川瀬慎吾は、借金のトラブルごときで殺人を犯したのか、その理由解明の一助にでもなれば、と思います』

　私は言葉が出なかった。ここまで書かれてしまったら、自分の出番がないではないか。せっかくハンドルネームを考えてきたのに。あとは切り札として自分が受けた猥褻行為を記述するしかないのだろうか。

　軽い動転をおぼえる私の耳に、透の、のんびりとした声が響く。

「しかもこの人、本名で書き込んでるらしいんだ。キハラ　チカ　って」

「え？」

　動転どころではない。まちがいなくそれは、私が一番知っている知香さんの名前だ。

私は、

「それ、被害者のお姉さん」

と、中途半端な説明をするのが精いっぱいだった。

「被害者って、君の友達の？」

「そう。小さいときに殺されたマナミのお姉さん。でもなぜかしら、自分のサイトで暴露するっていってたのに」

「やっぱり、まじめなサイトなんて影響力がないからじゃないかな」

「それでこっちのサイトに来たってこと？　自分のサイトはどうしたのかしら」

「それも後で調べてみようか。さっちゃん、その人のＵＲＬわかるでしょ？」

「家に年賀状があるから、持ってこれるけど」

「どっちにしても、さっちゃんが新たに書き込むことってないいんじゃない？」

「そんなことはないわよ」

私は速攻で反論した。知香さんが慎吾の刑を軽くするためにすでに行動を起こしている、彼女が慎吾に寄り添っている、その事実にあせりと嫉妬を覚えたのである。

「私は被害者の立場で書こうと思ってるの。吉井コウイチがいかに同情に値しない人間かという世論をつくるのに、私の経験を公開するのはとても効果的だと思うんだけど。注目されること間ちがいなしでしょ」

半ばやけ気味に得意げにいい放った私を、透は痛々しそうな顔で見下ろす。

「どうしてそこまで君の経験を公開しないといけないの？」

「私ね」

ふっと肩の力を抜くと、私は自分を慰めるようにいう。

「自分にも何らかの裁きがほしいの。抵抗もせずにいた自分のせいで、マナミは殺されたんだもの。慎吾ひとりを犯罪者にしておくわけにはいかないでしょ」

「何か意味があるのかなあ」

「何よ。書き込みを勧めていたわりには消極的じゃない？」

「君の過去を書き込めとはいってない」

透はすました顔をして断言する。半分は冗談が入っているらしい、頬の辺りが引きつったような横顔だった。

何、それ、と思いながら、私は透の言葉を待つ。

「思うんだけど、事件の初公判の様子を見て考え直してみてもいいんじゃないかな。被害者をおとしめる作戦は」

「初公判て・・・裁判を見に行くの？」

「だって、裁判員たちがすでに被害者の過去について情報を持っていて、法廷でその話が出るのなら、さっちゃんが無駄に自分の過去をさらす必要はないと思うんだ」

「うん・・・」

　私は弱々しくうなずいた。慎吾が私に黙って事件を起こしたことの意味を決して忘れたわけではないから。

「私も知香さんの書き込みがなかったら、吉井コウイチが幼女を殺したっていう事実だけにとどめるつもりだったから。透がいうように裁判の様子をみることにするよ。でもさ、裁判を見るっていっても福島でしょ。遠くない？」

「水戸からは電車で二時間くらい」

「透が見に行ってくれるの？」

　私は、冗談のつもりで尋ねたのだ。ところが透は、明らかにうれしげな笑みを浮かべてうなずいた。

「どうしてそんなに熱心なの？　さっきも気になったんだけど」

　彼の笑顔につられて笑いながら尋ね返すと、透は、

「笑わないでね」

　と非常に申し訳なさそうに笑った。

「何なのよ」

　私はできるだけやさしい声をつくって、彼の顔をのぞき込む。

「川瀬慎吾さんてすてきな人だね」

いい終わるや否や、透は気の毒なくらいに頬を真っ赤に染めた。

ああ、そういうことだったのか。

自分でも驚くぐらいの安らぎが、私の胸いっぱいに広がる。驚きもなければ違和感もない。透が男であろうと女であろうと、幼いころからともにすごしてきた大の親友が慎吾に好意を寄せているという事実は、私をとても穏やかな気持ちに導いた。

「透自身が慎吾の行く末が気になるので、裁判を見に行くというわけね」

「うん。ごめんね」

「あやまらなくてもいいよ。かえって気が楽になったよ。透が自分の趣味で裁判を見に行くっていうのなら」

「よかった。怒られるかと思った」

「どうして？　あなたが男性を好きになるのは当然のことじゃない？」

「そうか」

透は白い歯をのぞかせて笑った。でもその笑顔は、ひどくはかなげで悲しいものだった。いや、単に私の目にそう映っただけなのかもしれない。

たとえ慎吾が私の恋人でなくても、そして彼が犯罪者にならなかったとしても、透の恋心が実ることはまずありえないのだから。

そんなことを考えて、私は、ほんの少しだけ透のために泣きたくなった。

二十六

慎吾の一審の判決が下されたのは、その年の秋。初公判から三ヵ月ほどという早さだ。電話で知らせてくれた透によると、一般人が参加する裁判員裁判のため長引かせたくないのだろうということと、さらに、被告側が起訴事実をすべて認めているので双方とも争う必要がなかったから、らしい。

懲役五年の実刑判決。

人ひとりの命を奪ったという意味では軽いのかもしれないけれど、加害者が被害者から脅しを受けていて母親がそのために病気になったという点は、情状酌量に値するものである、と裁く側は判断したのであろうか。

「おもしろかったよ」

透は非常に興味深げな声で説明を続けた。

「被害者側の証人としてお父さんが出廷してて、被害者の少年時代の素行の悪さを暴露してたんだ」

被害者の吉井コウイチは結婚もして子どももいたのだが、ずいぶん前に離婚していて家族はなく、身内といえば父親、慎吾の父親でもある浮気オヤジしかいなかった。

もしも被害者の妻子が出廷して被害者感情を述べていれば、慎吾の量刑はもっと重くなったかもしれない。ちょっと救われた気持ちになる。

もしかしたら控訴がなされて、二審があるのかもしれない。でも、私はいずれにせよ、裁判の場所には顔を出さないつもりだ。

私だけが知っているこの事件の秘密を、私は慎吾のために守り通さなければならない。彼は以前から身を挺する覚悟を決めていたのだ。私にあてた門外不出のあの手紙が、その何よりの証拠だから。

『事態の解決を待っていてくれとはいいません。沙月は大学を卒業し就職をして、未来に向かって自分が信じる道を進んでください』

その代わりに、私は知香さんのサイトにたった一度だけ書き込みをした。『サバイバー♀』という名前を使い自分が経験した性的被害について、何が原因でどうすればなくなるのか、あの映像をくりかえし思い浮かべながら解説者のように淡々と書き込んだのである。

知香さんにはわかっていたはずだ。それが私のものだということを。でも、彼女からは何の連絡もなかった。匿名で告白記事を寄せた元被害者への、それが知香さんなりの思いやりなのだろうか。

晩秋のよく晴れた連休に、私は幼いころをすごした団地を訪ねた。天気のいい休日なのに敷地内には子供の声も聞こえず人影もない。一羽のヒヨドリの鋭いさえずりが、のどかな午後の空気を切り裂くように響いている。

私は例の場所にある、まだ新しい車止めの柵に寄りかかり、外壁塗装が施されて少しはきれいになった建物を仰ぎ見た。

ふと、慎吾はこの建物のどこに住んでいたのだろうと思った。幼かった彼はこの建物にある部屋のひとつで、義理の兄から虐待を受けて屈辱の日々を送っていたのだ。

その同じ男に、私も性的陵辱を受けた。そして誰にもいわず何事もなかったように大人になり、運命のいたずらが引き寄せたように慎吾と恋に落ちたのだ。

私に出会わなかったら、彼は兄を殺すことはなかったのだろうか。

吸い込まれるように澄み切った秋の空を見上げていた私は、ふいに何かが気になって背後を振り向いた。誰もいなかった。あの制服姿の少年も、毅然とした慎吾の後姿も、そして団地の住民の姿も。

人気がなく不気味なほど静かな白昼の団地のたたずまいと、頭上に広がる悲しいくらいに青く高い空。遠いあの日、ひとりで逆上がりをしていた幼い私が見ていたものと、それは全く変わらない光景だった。

著者略歴

小山紗都子（こやま　さとこ）（**本名　小山聡子**）

1960年生まれ。共立女子大英文科卒。埼玉県在住。生母による虐待・性的被害・親の離婚・いじめ・障害者の妹・未亡人・交通事故・リストラなど多数の人生経験をもつ、自称『社会派主婦作家』。

２００９年、小説『主婦と若い殺人者』で小説デビュー。二作目『森と鋼鉄のはざまで』は、2011年の日本図書館協会選定図書。（いずれも日本地域社会研究所刊）

書籍コーディネイト：小山睦男

サバイバー

2011年11月24日　発行

著　者　小山紗都子　©Satoko　Koyama

発行人　森　　忠順

発行所　株式会社 セルバ出版

〒113-0034

東京都文京区湯島1丁目12番6号 高関ビル5B

☎03（5812）1178　　FAX 03（5812）1188

http://www.seluba.co.jp/

発　売　株式会社 創英社／三省堂書店

〒101-0051

東京都千代田区神田神保町1丁目1番地

☎03（3291）2295　　FAX 03（3292）7687

印刷・製本　モリモト印刷株式会社

Printed in JAPAN

ISBN978-4-86367-061-7